U0164084

菲蒂詩花

童山題端

徐世澤‧邱燮友
顏崑陽‧徐國能 ◎合著

《並蒂詩花》序

邱燮友

一、前言

詩歌是文化的尖兵，象徵新時代，新社會的精神。中國向稱衣冠上國，其傳統詩教：「興觀群怨」、「溫柔敦厚」，在人文教化上，是維繫中華文化千年不墜的主要力量。

放眼世界，以國際觀點看中華文化，外國人士認識中國，首稱中華美食、中國菜；其次，便是漢代辭賦、樂府，唐代古文、詩歌，尤其唐詩，享譽中外。漢唐盛世，漢唐文學，歷久彌新，享譽環宇，難怪世人常說：「權力使人腐化，詩歌使人淨化。」唯有中華詩教，給人類帶來持續的和平，繁華和希望。

二、從《花開並蒂》到《並蒂詩花》

我們有一共同的理念，中華語文、中國詩歌，是世界通行的語文，流行的詩歌，尤其中國詩歌，是無法用他國的文字加以翻譯，只有精通中文，才能了悟中國詩歌的奧秘。何

況中國的崛起，未來中文的地位，如同英語一樣，成爲世界各國通用的語文。

我們是把中國的古典詩和新詩融合在一起，擴大中國詩歌的視野，開拓中國詩歌的領域。因此邀請了五位會寫古典詩和新詩的詩人，在去年（2009）三月共同出版了一部《花開並蒂》的詩集，引起國人的重視，會寫古典詩，又會寫新詩或現代詩的詩人，才是未來中國詩歌發展的新途徑。

經過一年之後，各界對《花開並蒂》的觀感和評價，一致獲得鼓勵和讚譽。因此今年（2010）九月，我們依然邀約徐世澤、邱燮友、徐國能，另新加入的顏崑陽四人，繼續去年《花開並蒂》的精神和毅力，把一年來新的創作，再加上各人的詩論一篇，排列在詩歌創作的前面，以增強詩學推廣的力量，名爲《並蒂詩花》。希望借一部新詩集，給當代詩壇先進了解我們對詩學的努力，並鼓勵詩壇後進，能寫多元化的詩歌，並與時俱進，培育新一代的新詩人，帶來詩歌的新契機，引發詩歌的生命力。

三、《並蒂詩花》四家詩風

《並蒂詩花》共收四家新舊詩各類若干首，大半爲近作。各家詩都有作者簡介，除徐世澤先生出身醫學，榮總退休醫生，他大半生在救治人們身體的疾病，但終身寫詩不竭，是在調適人們心靈的慰藉。它的詩歌如清末黃遵憲《人

間盧詩草》，提倡詩界革命，把現世所見，所聞，所思，用口語入詩，反映社會的現狀。他為人仗義疏財，《花開並蒂》、《並蒂詩花》的出版費用，全由他個人捐助。他也是位旅行家，遊歷全球六十四國，他是個世界觀的旅遊詩人，遊蹤所至，已超越陸游，徐霞客或馬可孛羅，您可以從他的詩中，神遊其間。

其次為筆者所作詩篇，主張寫詩如流水，詩是瞬息間流出來的作品，自然不留匠痕。愛好各地的山水風情，曾有《童山人文山水詩集》等。近來倡導詩歌穿越第四度空間，以及海洋文學等作品。愛因斯坦將點，線，面構成的三度空間，乘上時間，便是無限遼闊的第四度空間，在文學上如神話，志怪，前生來生，神鬼靈異，以及想像或虛擬的世界。例如《哈利波特》、《桃花源記》，電腦中的虛擬世界等均是。詩像千草百卉，令人神往。

其次，顏崑陽教授，是才子型的作家，從小就愛好莊子和李商隱，神遊於詩界廣闊的天地。他早年喜歡嘗試各種文類創作，無論散文、小說和詩歌。近年來致力於古典詩的領域，尤其熱愛大山後，花蓮的好山好水自在生活，作品中也流露莊子的消遙和李商隱的慎密纖穠的氣息。

其次，徐國能教授的詩，也是才子型的作家。他的解詩能力很強，化前朝詩人的作品，成為現代詩人寫詩的養份，締造現代人的詩風。本書作者排列的次序，便依年紀大小排列，徐國能算是後起之秀。同時，除徐世澤先生外，其餘三

位都是在大學任教的教授，大半以詩學課程作爲教學的重心，關懷未來詩學的發展，以及培植詩歌的新秀人才。表面上我們這一群詩人，以爲是學院派詩人，其實我們是一群深入社會低層生活的詩人，關懷的是人性的尊嚴，民間的現象和疾苦。

四、結語

在戰國時屈原（西元前343～277）的〈離騷〉有云：「紛吾既有此內美兮，又重之以修能。」天既賦予詩人有天賦的「內美」才能，自然要珍惜，在後天努力上，更需加倍勤奮地閱讀和寫作，成爲後天努力的「修能」。如此才能精益求精，更上層樓，開發出自我的新天地。

後來，我讀晉代陸機（261～303）的〈文賦〉，其中也有兩句警闢的話：「石蘊玉而山輝，水含珠而川媚。」意思是說：石頭中蘊藏著玉石，水中的蚌類含育著珍珠，這樣的山水，含有靈秀之氣，自然能山輝川媚。其實天賦予我們的才氣，如同石蘊玉、水含珠一樣，我們只要努力把它開發出來，寫下一篇篇動人的詩篇，就好比美玉和珍珠一樣，供人把玩品賞這些人間的珍品。在此尚請雅好詩歌的方家，不吝指教，並請加入我們的行列，或許明年，又會有一部《並蒂詩絮》系列之類的詩集出現。

2010.9.9

目次

徐世澤簡介

徐世澤持《健遊詠懷》留影

江　蘇東台（興化）人，一九二九年三月十三日生。國防醫學院醫學士、公共衛生學碩士，曾赴美、澳、紐等國考察研究，十四度代表出席世界詩人大會，足跡遍布六十四國。曾任醫院主任、秘書、副院長、院長、雜誌總編輯等。作品散見各報章雜誌，並列入世界詩人選集，出版中英對照《養生吟》詩集、《詩的五重奏》、《擁抱地球》（正字版、簡字版）、《翡翠詩帖》、《思邈詩草》、《新潮文伯》、《並蒂詩帖》、《健遊詠懷》（正字版、簡字版）及《花開並蒂》（合著）等。

曾獲教育部詩教獎。現任中國詩人文化會副會長、台灣瀛社詩學會常務監事、《乾坤詩刊》社副社長等。

徐世澤（中）與名詩人林煥彰（右）、康康開會時合影，時年80歲。

古 典 詩

老樹新花並蒂開

徐世澤

一個屆臨退休的人，能學寫詩，可說是「老樹開新花」，而且能寫兩種不同的詩體，這可勉強說是「花開並蒂」。兩者連接起來。正是一句合乎格律的古典詩，讀起來琅琅上口。這就是「老樹新花並蒂開」。

現在，我就談談「它」的來龍去脈。

我在高一時曾讀唐詩，學會平仄聲和押韻的常識，偶爾湊兩句，而奠定了四十年後學寫詩的基礎。進入醫學院後，功課繁重，已無讀詩寫詩的時間。直至 1988 年 9 月，工作較得心應手，且無壓力，才有閒暇學寫詩。《中央日報》、《新聞天地》等十三種報刊都登載過拙作。1989 年 6 月起，拙詩常在《榮總人》上發表，同時《源遠》也增闢海外校友版，由於編輯使命繁重，職責所在，暇時必須多翻閱唐詩宋詞，藉以選寫新聞標題和一般文題，真是「一枝動而百枝搖」，模仿詩詞的格律湊幾句，可皆不上道，水平不高，竟也有人說好，對我非常勉勵。

最妙的，在台的幾位外籍教授和學生也喜歡看我的詩，因而詩壇前輩們推介我入「中國詩經研究會」，萬想不到會受輔仁大學教授 Dr. Zsoldos 的青睞，願為我校正英譯稿，

鼓勵我出專集《養生吟》（*Regimen*）。竟獲頒 1993 年教育部「宏揚詩教」獎。

1994 年我屆臨退休，文藝界和我交往的人士漸多，學習了寫詩的正確方法。1996 年，藍雲（劉炳彝）先生要辦一份新（現代）和舊（古典）並存的《乾坤》詩刊，周伯乃先生任社長，邀我任副社長。我掌握機會，每期都寫現代詩和古典詩發表，旋即由潘皓教授、麥穗詩家等人帶我加入「三月詩會」，每月第一個星期六集會一次，經過十餘位先進的斧正（謔稱「修理」），現代詩漸漸地知道重視「意象營造」、「詩的語言」，以及「感人的想像力」了。古典詩主編林恭祖社長介紹我加入「春人詩社」，每兩個月集會一次，時間是在單月的第三或第四個星期六。我的古典詩用字遣詞與意境表達，經過方子丹教授和先進們的潤飾，漸漸地有「詩味」了。2003 年，我自覺拙詩尚似乎有點模樣，敝帚自珍，不妨收集成冊，以《思邈詩草》書名印行。我也經常參加其他詩社和詩學會的活動，連世界詩人大會和全球漢詩研討會，我也飄洋過海出席過，2006 年 11 月，竟被邀約出席「首屆海峽詩詞筆會」。人頭慢慢混熟了，詩藝也真的有進展，《中華詩學》和《中華詩詞》也經常刊拙詩了。

《乾坤》詩刊愈辦愈進步，而新舊詩主編們閱稿也愈顯嚴格。2005 年 1 月林正三會長特別推薦我向詩學大師張夢機教授請益，張教授俯允為拙詩推敲刪正，並正式授課。我即將拙著《思邈詩草》及近作呈張教授核閱，他逐句逐字斧

正五百餘首，是以重刊一集，這才有《健遊詠懷》於 2007
年 4 月問世。使我增加推展詩教的能力。

　　《健遊詠懷》內容包含五絕、七絕、五律、七律等體，
並依內容分為：「旅遊留影」、「休閒記趣」、「保健忠
言」、「愛網柔聲」、「詠物寄意」、「時節萬象」、「感
事抒懷」等七類，總計五百餘首。每首詩標示年代，藉以
回憶當時靈感燃燒的滋味。真實記錄我由苦難中成長，茁壯
的心靈軌跡，表達我對人生的感悟、對生命的熱愛，以及對
古典詩舊瓶裝新酒的探討。桑榆晚景，能每天寫一點東西，
留下一些詩篇，就像拍下一些彩照，讓生命真實地存在過。
如此保持健康，多活幾年，那也值得。拙詩肯定禁不起大詩
家、名詩人的青睞。但對初學寫古典詩者，或許可作一些參
考。「保健忠言」類的詩，具有科學性、實用性及趣味性，
可助人解憂療傷；「旅遊留影」類的詩，是我環遊世界 64
國親眼所見的寫真，特別插印一些彩圖，也可引人聯想遐
思。

　　《健遊詠懷》蒙中央大學教授張夢機詩學大師熱心命
名，並賜序言。台灣師範大學名教授名詩人邱燮友（童山）
撰一人文記遊詩人徐世澤先生及其詩一為「健遊詠懷」集作
序。現代詩名詩人麥穗先生惠賜宏文，古典詩大詩家宋哲生
教授致賀，均使本詩集倍增光采。我生何幸，得此機遇，令
我萬分感激。

　　此書深受中文系學生喜悅，行銷近兩千冊。邱燮友教授

要我再版，並列爲〈大學參考用書〉，亦已於 2008 年 8 月發行第二刷。

《乾坤》詩刊發行人兼現代詩總編輯林煥彰先生爲我開闢《傳統與現代對話》專欄，鼓勵我們用兩種詩體寫同一題目，有一點嘗試性質，倒也使我放膽地寫。

2009 年 4 月，邱燮友教授提議合著《花開並蒂》，係以現代詩與古典詩兩種詩體寫出，由周策縱、王潤華、邱燮友、胡爾泰、徐國能和我具名出版。問世後即銷售一空，好心善士購買贈送中文系二年級學生，深受同學們喜愛。故於今夏再合著《並蒂詩花》，以滿足中文系同學的需要。

走筆至此，我更要感謝「三月詩會」、「春人詩社」及《乾坤》詩刊四十餘位先進熱心指導。午夜夢迴，這二十年來，一些人和事的大是大非，均已幻化泡影，惟有拙詩尚得留存。但不管朔風乍起，雪地仍顯印跡。春夢秋魅雖斷，藕絲殘痕猶存。拙詩已是這些印跡與殘痕。閒時可供咀嚼、回味，這正好證實了：有時詩如橄欖，回味無窮。而靈敏的讀者諸公，亦可從詩中的內涵，現代詩和古典詩並存的現實，多少可以領略到我當時寫這兩種詩體的心境和生命情態，渴望二者花開並蒂，共領風騷於新的二十一世紀。

2010 年 8 月 1 日完稿

詩　論

徐世澤

　　我於 1997 年初，出任《乾坤詩刊》社副社長。為了響應「傳統現代聯姻，繁榮我國未來詩壇」，我曾說古典詩的優點有三：①有一定的格式，②富有韻律，易於記憶、傳誦，③簡短精鍊，意味深長。而現代詩的優點亦有：①意象鮮明，②用字造句比較活潑，③用詞的表達技巧等。我認為古今二體可以共存共榮，互補有無。於是我從事兩種詩體的寫作，已逾十四年。

　　我的詩論，可說是中庸派。認為古典詩存在兩千年，應有其價值。今日的創新，也就是明日的傳統。現代詩是詩歌流變的必然趨勢，凡一代有一代的文學，正如宋詞、元曲一樣。而古典詩一直存在，當然五七言絕句、律詩還會有人寫。

　　依我的體會，寫詩是想說出內心的話，擴大視野，豐富了生命。使生命力更有抗壓性。白天在上班或社交場合所受的委屈，全在晚餐後寫詩時消失了。翌晨照樣精神振奮，力疾從公，毫無怨尤。真是作詩之樂樂無窮。

　　退休後，更認為寫詩應對人生與事物有深刻的觀察、理解、思考、體現詩能解脫人的心靈。現代詩應具備中國的風

味、民族的氣質、吸收古典詩的優點。要意象好、節奏美，具有能看能聽的生命力，實現生活的昇華和個性的表現，使詩成爲與人類的生命更貼切，更有意味。

　　我寫的現代詩，雖無法與前輩詩人相比，距離他們的成就甚遠。但自覺仍可供中學生及社會人士參閱，或能引起他們的共鳴。而古典詩也知將人生況味寫入詩中。自覺古典詩似乎有點模樣，在「萬卷樓」出了一本《健遊詠懷》詩集，在古典詩學會群中，聊備一格。如能同時寫兩種詩體，而延長壽命，雖不算是詩人，至少可成爲推廣詩教者，庶不辜負1993 年教育部長頒給的〈宏揚詩教〉獎牌。

2010 年 8 月

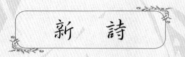

午夜的太陽

六月的挪威北方
晚間，七至十一時
親眼看到紅色大太陽
仍在北極海上

午夜，如白晝天光
站在大地上，仍可閱讀書報
人擠人，向天空仰望
我驚見一線異彩，從雲端搖晃

啊！紅太陽，剎時
為大地撒下金黃光芒
走馬燈那樣，轉了一圈
回到東方
讓我享受了最長的
一天二十四小時都有陽光

後記：午夜太陽出現在挪威北部北角海岬，如白晝，沒有夜晚。最好的
　　　觀賞時間是六月中下旬。

兩千年石柱

穿越希臘羅馬時代
狼煙烽火
流著歲月的淚水
默默屹立

傷痕覆著傷痕
淚跡蓋著淚跡
兩千年石柱
挺著時代的風雨
蒙著歷史的雲煙
巍然不移

後記：希臘雅典衛城山上的神殿、土耳其戴丁瑪神殿，殿前均只留了幾
　　　根石柱，而列爲世界級古蹟。

畫中陽明山

豪華客廳
懸著一幅相識的風景
握住一山奔瀉的瀑布
水珠逼真的敲打岩石

美髯長者拄著手杖
在花鐘前駐足
凝視山坡上
一片開滿紅花的櫻樹

小油坑冉冉升起煙霧
火山不滅的靈魂
逗留山上的時間
已不復記起真實的年齡

墨色淋漓
在宣紙上　輕輕拂過
我的目光久久停留
感觸良深
那是我常去的美景

碧潭即景

魚躍碧波逗客佇足觀賞
鳶飛蝶舞凌空飄搖

吊橋上的人潮洶湧
遊艇中的情侶依偎

那海角紅樓景色
恰似唐寅大千百幅潑墨

潭邊各式泡茶聚會
日日品成李白杜甫的詩

旅人心聲

飄泊的心
寂寞無奈，仰天看雲
血淚的一生
流落異域
難以稱心

緬懷五千年歷史文化
遙對故鄉明月
日日夜夜在腦際迴盪
在夢中驚醒

偶爾回到故鄉
在親友歡笑聲中
在喜極而泣的淚水
心頭的一片愁霧
揮之不去
浪跡天涯的飄萍
不知他日埋骨何方？

失智老人

在寂寞的客廳
一雙木然的眼睛
陷在一個皺臉裡
眼神空洞，望著一面冷牆
很難理解他寫在臉上的表情
不再是從前的光采

他叫不出我的名字
要說話，想不出適當的字
支吾半天
忽然問我貴姓
令我大吃一驚，黯然神傷

近來，他走在街上
找不到住家
如被放逐的遊魂
到了家門口，他卻說
鑰匙丟了！摸了半天
竟然在口袋和他捉迷藏

他對鈔票逐漸失去概念
不知該拿多少才算一千
子女剛剛給他的錢
竟然忘了放在哪兒
還焦躁不安，以為被人偷去

有次兒孫問他幾歲
他回答二十三
好像乘著時光機
到了另一顆星球
擺脫地球的時間
希望永遠活在
那年輕的歲數裡

他會忘記剛吃過的餐飲
老說他還沒吃
看，一雙忠實的筷子
猝然自他無力的手中滑落
視餐具如無物，放在桌上

大小便失禁時
要耐心像幼兒一樣照顧

他的生命在家人面前
一天天縮小
家人要細心把老當小撫慰他
度過悽苦的晚年

昏迷病人

一個表情木僵的面龐
鼻孔插著供氧的鼻管
脖子旁注射著中央靜脈導管
經過五小時手術
清除腦部血栓
仍昏迷像植物一樣
躺在病床

愛女在沈睡的他耳邊輕喚：
「徐叔叔來看您了」
我撫摸他的微涼手心
他聽到我的聲音
只是眨一眨眼
愛女在他右足掌按視丘穴
他竟睜開一下眼睛

二十天後
太太在他耳邊輕聲說：
「您當祖父了，您要醒過來」

他似能感受到親情呼喚
居然奇蹟的睜開雙眼示意
太太像是放了心中的大石笑了

孫兒滿月後，抱來病房
他眼睛瞬間發亮
左手向上動一下表示高興
他心跳卻劇升一百二十
高血壓猛升一百八十
嚇得醫護人員趕緊降血壓
不久，他聽到太太的聲音
眼角溢出了淚光

隔了三週，兩足可站起來
左手像舉重一樣費力
他對認識的人
欲語無聲，眼角浮出淚花
疼痛時，能發出
無法理解的呀呀聲

太太和女兒輪番喚他
吟誦他寫的詩
唱他喜歡聽的歌

助他恢復記憶
他會睜大眼睛並張口
醫師說：「他復健會進步」
家屬在痛苦的深淵中
綻放希望之光

老生常嘆

三分之一蒙主召
三分之一陷異域
三分之一留本土
茂陵風雨中
相見似曾相識

活得硬朗的，感嘆
浮雲落日、堂空燕去
龍鍾老友互訴
也只能回憶過去

遍地血腥味
人人惶恐
彷彿病重的人
只聽見上帝說：
「時間到了！……」

震醒

屋內一片漆黑
門窗咯咯作響
熟睡中
床像遊艇搖晃

灰暗的夜空
透過淡淡的天光
彷彿置身世界末日
只見廣場上人影幢幢

【註】追憶台灣 1999 年 921 大地震之夜。

愛的力量

丈夫為生病的妻子買來
幾朵艷紅舒展的玫瑰
多重的花瓣
仍在新綠中綻放
與她肌膚媲美

他在每片花瓣上
寫下他倆的名字
象徵愛情的聖潔
他在耳邊不斷吟頌
她在彌留中聽見甜蜜的呼喚
在黑夜中感受到愛的慰藉

最親切的愛是可信賴的
她奇蹟的睜大眼睛
點頭了　說話了
在病榻上唱：
「玫瑰玫瑰最嬌美……」
醫師驚訝　嘖嘖稱奇

竹吟

你纖若柳枝
雖不如松柏蒼勁
不管狂風暴雨
扭曲不了你的高風亮節

你虛心為懷
帶著一身輕綠
挺立在曠野山岩
吟唱蕭蕭

柳

綿綿　裊裊美人的秀髮
在河畔、橋頭、湖堤上
妳生生不息地繁衍
滿懷無窮希望
在春風中漫舞輕颺

妳沒有華麗的色彩
　　　鮮艷的花朵
更無妖冶的騷態
　　　迷人的風姿
妳卻象徵著美

沒有妳
河岸、橋頭便顯得粗野
有了妳
我們才擁有濃濃郁郁的
大好春光

櫻花

早春，二三月
陽明山上的櫻樹
都用力漲紅了臉
綻放嬌美的花朵
射出一簇簇艷紅的春光

春風時寒，逗她動盪不安
挽著樹枝低低吟唱
春雨料峭，害他含淚微笑
又日夜微笑流淌

櫻花，世人愛她如愛
情人一樣
開了又開的紅花
在晚春四月
如血跡斑斑的花瓣
無聲落了滿地

路燈

在路邊牆角挺立
昂首保護夜行人

風吹雨淋
飛蟲侵擾

你依然目光四射
灑一片光明

官章

我原是一個
未經磨刻的小塊牛角
一天，被刻上
您的單位、職稱和姓名
便與您有了親密的關係

像金屋藏嬌
我經常被您密藏，帶在身邊
當您輕輕撫摸著我，將我壓揿
千千萬萬個您
便在人們的眼前出現

您是本尊
我是您的分身
一旦沒有我
您便著急，若有所失
不過沒有您
我就變成廢物

春到人間

春的跫音
是一聲嘹亮的春雷
飛濺的閃光
灑遍點點滴滴
綠色泱泱

蝴蝶在花叢中飛舞
蜜蜂在花園裡吻花低吟
春的足跡在繁忙裡叩響
群花在春風中引領高唱
編織一匹五彩繽紛，大好春光

我踏著春天的綠草
撩人的紅花
遊覽欣欣向榮的青山
閒眺長天一色的藍海
讓它們激蕩我心的海洋

初夏

小草沐浴著火熱，一陣勁長
把草原鋪成海樣的蒼茫
樹木披著斗篷，縱情舞蹈
把綠色傘蓋展向八方
百花在陽光下，爭奇鬥艷
大地放射最絢爛的波光
群山清翠，壯碩魁偉

清風能偃草，也愛催花朵綻放
雲在天空像山排列
朵朵輕移，映著海水流淌
一簍雨珠使黃梅早熟
溪邊樹木，吐露芬芳
怡然不負初夏午後陰涼

霧淞

一片冰清玉潤
霜枝上的銀花萬朵
彷彿風鈴花串
薄如蟬翼
厚若棉絮
迎風款擺
似露珠吻貼大地
轉眼杳如黃鶴

後記：在海拔一千五百公尺高的山間雲霧帶，遇攝氏零下的氣流，松葉
　　　形成霧淞，景色奇美可達數天。
　　　2000 年 11 月 29 日我在峨眉山上復見此景。

冰野雪嶺

白茫茫的冰野
雲端的雪嶺
我踽踽而行

天空不見鳥影
雪花紛飛
與我共舞

這幕令人驚喜的鏡頭
永遠留影在我心中的版圖

流動的月景

月亮皎潔
灑下融融的詩情
夜鳥從空中飛過
撲翅發出嗖嗖的聲音
遊樂場的霓虹燈
扣人心弦的音響
月光、鳥鳴、華燈、音響
一幅配著音樂的
閃閃爍爍的名畫
交織成流動的美景
在心裡瑩瑩流淌

股市悲歌

號子看板上
像大海的波浪
無數浪花嘩嘩湧跳
在玩：你追我趕

退潮了！退潮了
滿海黑色的浪
多少人心潮起伏
一生血汗在浪濤中流光

八八水災

—— 水永遠記得回家的路……（太麻里耆老語）

四千年前，洪水為患
古人將它與猛獸並列
大禹治水
採疏導重於防堵
減少天然災害

二十一世紀，台灣洪水釀成浩劫
兩千八百毫米的雨
沖垮山區村落，土石淹沒五百人命
路基流失，橋梁沖斷美麗的家園
一夕之間，全毀了！

救難人員，如呆立海灘
聽土石駭浪咆哮
眼看翠綠村落變黃泥河

美國直升機來了
中國組合屋來了
志工們把救濟物品分配到位

倖存的災民總算得到安置和撫慰

災區重建，得從頭來
水庫越域引水，要避開
濫砍森林，土石鬆動
別再當逢雨便逃的氣候難民

古今中外

昨夜，我在夢中

在樓蘭山上
見古老的樹現出古聖賢之名
周公、孔子、劉邦……

再仰望不明飛行物
夜空盤旋
像飛碟流光

鄰家老伯如初秋之花
一片片墜下
零落成黃昏的西山

忍不住又關心時事
海角七億洗錢
牽動高官巨賈
留下那麼多轉折痕跡

最後，在濱海北岸
觀看浪花翻騰
忽而潮落——
如同人生際遇，百般無奈

檳榔西施

閣樓似的檳榔攤
被霓虹燈管纏繞著
艷麗撩人的仿冒西施
任由過客神魂顛倒
以為到了阿姆斯特丹

超迷你的內衣
如皺捲的葉片
包裹著可餐的秀色
半露的雙峰
全裸的玉腿
令人想入非非

每有轎車停下
她便主動送上
讓好色車主眼珠呆滯
狼爪上下飛舞亂抓肉球

風聲

在花朵上輕吹低吟
在枝頭蕩漾詠誦
在山谷輕唱一首詩
落葉在涼亭外散了又聚
我靜默聆聽它們的嘆息

有時狂暴吹起浪痕
呼嘯掠過門窗
發出咯咯的聲響
令人慌張哀傷

在戰時可不能出聲
一點點風吹草動
隱約傳遞草木皆兵
喪膽流亡

時間浪上的花

時間像大海
壯闊的海面
浪一波波跳起
正如你我他
都是一朵時間浪上的花

我們被急流推著
像疊成千堆雪被後浪擁著
看起來波光閃閃
可惜很快拍岸落下
被再生的浪花取代
人生註定在時間上
只能是一朵小小的浪花

就讓我們騰身躍起
塑造一波滔天巨浪
不要做那　隨波逐流的泡沫
稍縱即逝

並蒂詩花

親情沸騰
——父親節快樂

啊，今天是美好的節日
親情沸騰著
可愛而健美的孩子們
高呼：父親節快樂

此刻，我看到——
我的生命在他們身上
青春洋溢
振翅飛翔

每年，這獨一無二的日子
在崇尚倫理的佳節餐敘
我盡情享受天倫之樂
駕著生命之舟，航向新的里程

詩會下午茶

翠綠的文山上
一座幽雅的茶座
煙霧輕舞　孃孃地
冒出意象的靈感火花

茶香撲鼻
喜上眉梢
啜一口熱茶
純醇香味浸入舌蕾

一面誦詩
一面啜茶
共享修好的佳句
帶著下月的詩題欣然賦歸

太陽笑得緋紅了臉
晚霞披著金縷衣
映紅了半邊天
一個充滿詩意的下午
入夜仍然令人回味

李白來過秀苑

夢中，一臉醉意的李白
由窗外大步走來

他拉我去「秀苑」⁽¹⁾
與三月詩會同仁見面

這裡美景如畫
俊彥滿座

他不喝茶，祇說：
「如詩不成
罰依金谷酒數」⁽²⁾

【註】(1)「秀苑」位於臺北市衡陽路上的一家茶座。
　　　(2)引自〈春夜宴桃李園序〉結尾兩句。

燒炭悲歌

討債鬼緊跟著
夜以繼日
要從無處可逃的牢籠裡
抽空他的呼吸

時間不憐憫這暗淡世界
暮色降臨
他心生恐懼而戰慄
只想沉睡

他不讓孩子受苦
想用方法一起了斷
假圍爐取暖
孩子的臉蛋相映紅

這一金融殘酷陷阱
竟連日發生慘劇
他們死得如此輕易
把問題留給社會

他鄉是故鄉

我曾經作過一次遠遊的人
到了台灣島上
房屋格局來自日本
高大的樹洋溢著清涼
舍間北側是單調的田野
當時覺得很乏味
啊！何時我能重見蘇北故鄉

我暫且放開恐怖的心情
生活不再是漂泊流浪
往日大詩家的詩篇
磨出永恆悅耳的樂章
留給我鼓舞激昂
我常安眠築夢
依然宿陽明山，還鄉

毒奶

詐騙橫行釀巨波，商人作假性如魔。
維生乳品頻加毒，三聚氰氨禍害多。

洗錢

一夕公文迅抵台，豪門貪腐勝洪災。
可憐親友多波及，往日光環化作灰。

強颱豪雨度中秋

豪雨傾盆險象生，亂雲密霧困愁城。
中秋節夜難觀月，臥聽強颱怒吼聲。

神州七號

三傑今宵上九重，太空漫步似游龍。
飛船著陸山川笑，科技新看達頂峰。

電腦學詩

電腦儲存記憶良，吟哦歌唱好詩嘗。
新詞借句描情景，雅頌風謠引我狂。

寒松

家近陽明山上遊，林中漫步少朋儔。
虯枝風動清音在，青翠寒松散我憂。

望女歸

閨女遠遊難返家，手機遙控話桑麻。
小喬早有周郎擁，可惜娘親等著她。

浪花

海風狂拂現雄姿，激水渾如萬馬馳。
擁浪觸礁驚釣者，花開便是粉身時。

回顧

權重渾如夢幻生，終因貪腐世皆驚。
放風觀景傷前事，頓失光環繫土城。

脫罪

偵查巨款察秋毫，狡辯如狐想脫逃。
受審胡言裝傻相，道高三丈比魔高。

新舊詩雜陳

字斟句酌為詩忙，明月清風伴我狂。
餘興創新仍念舊，殘年消遣洗愁腸。

過雪山隧道

十三公里縮車程，隧道間聞廣播聲。
轉瞬飛車通過後，心情頓覺似重生。

賣官

原是兒童壓歲錢，夫人胃口大如天。
敲門投路孔方引，曲徑輸通肥缺填。

恨詐騙

全台詐騙竟橫行，電話胡言萬戶驚。
車手就擒財已散，須知失主恨難平。

消防車

不教星火釀成災，職守消防待命開。
肚大能容千丈管，專心對抗祝融來。

春山

春色爭妍花滿枝，風光明媚柳絲垂。
千重紫翠如圖畫，笑靨迎人眾鳥知。

紅葉

楓林霜後滿山紅，狀似秋陽墜此中。
無奈今朝資訊速，不須談愛以詩通。

接財神

滿街鞭炮滿街灰，店戶同心盼發財。
天上神爺何得見，陶朱子貢夢中來。

考公職

守分從公可久留，年年國考選才優。
今朝飯碗仍如鐵，難怪萬人爭破頭。

農民怨

酷暑嚴寒怕地荒，防颱避雨下田忙。
秋收賣得錢多少，不若歌星去趕場。

哈韓

美援時代美風飄，日貨商場就近銷。
哈外心情今陡轉，南韓影視最新潮。

仁醫治腎病（冠頂詩）

楊翁積善出良醫，五臟三高盡熟知。
常有外僑求診治，仁心美意技超奇。

醫師心細診無訛，治法專精排毒魔。
腎利人生多樂趣，病情趨吉笑呵呵。

農民苦

耕種良田仍靠天，農夫連日汗流肩。
可憐終歲辛勞得，不值豪門邀宴錢。

登台北 101 高樓

第一高樓百一層，臨空舉步月堪登。
推窗俯瞰紅塵遠，恍若仙家駕霧騰。

士林官邸

士林官邸倚山邊，蘭蕙玫瑰十畝田。
雅靜清幽花馥郁，園中履印憶先賢。

巨富在美入獄

吸金欺詐實荒唐，圖霸全台逞富強。
擁有多妻今獨宿，他邦入獄著囚裳。

棲蘭遊樂區神木

風光秀麗似仙寰，古木參天古聖還。
喜見仲尼猶壯碩，永懷先哲在林間。

宜蘭龜山島

萬頃波濤往復回，北關覽勝有亭台。
東看碧綠懸孤島，直似神龜出水來。

登山遇雨

一聲霹靂破晴空，回望山林煙雨中。
霧合層巒渾不見，涼亭品茗賞長虹。

啃老族

成績優良鄰里欽，高科碩士職難尋。
卻嫌工作薪資少，常刮爹娘養老金。

欒樹大道

忠誠路上種香欒，耐旱防汙又壯觀。
十月開花紅串串，行行爭艷引人看。

觀浪奇景

強烈颱風襲北台，基隆堤上巨波來。
浪花撞石凌空舞，逗得遊人笑眼開。

頌御醫姜必寧

心臟權威遐邇聞，熊丸推荐入宮門。
侍君念載留奇蹟，世仰功高十萬軍。

瀛社詩會即景

百人齊聚吉祥樓，遠道詩家北市遊。
社友當場揮妙筆，詞宗費力選鰲頭。

其二

開懷暢飲豁詩情，竹笛伴吟清脆聲。
佳作獲頒優等獎，全場鼓掌似雷鳴。

減碳運動

地球暖化滿天烟，島國窮邦受害先。
減碳應從環保起，綠能植樹仰宏宣。

遇艷遭拍

婉約溫柔眸放電，盈盈一把更銷魂。
凡夫俗子無緣識，顯貴偷腥狗仔跟。

詐騙電話

老邁時傷俗慮牽，誰知惡運在今年。
歹徒電話裝員警，想騙儲金活命錢。

燕語

雙飛覓食築巢忙，香喙銜泥玉剪揚。
細語呢喃情愛篤，不輸鸚鵡與鴛鴦。

路燈

牆角廊前暗遞熒，矇矇睡眼夢驚醒。
夜闌人息晶晶亮，疑似天空新衛星。

新春景象

爆竹聲中又一年，千門萬戶對聯懸。
兒童新服開顏笑，盤算囊中壓歲錢。

八二感懷

精研醫學趕新潮，遣興閒吟慰寂寥。
詩苑幸逢名教授，殷勤導正寫今朝。

沙塵暴

強風挾帶沙塵暴，大陸飛來襲北台。
微粒懸浮遮視線，行人鼻塞滿車灰。

農地築樓

蘭陽自古滿田疇，隴畝於今築小樓。
旅客重遊多感嘆，欲耕無地子孫憂。

夢境

似曾相識半矇矓，離合悲歡入夢中。
多少問題難應對，醒來竟是一場空。

菊花

繁花謝盡獨登場，傲骨經霜展倩裝。
借重秋陽黃色好，淡容幽影勝群芳。

蝴蝶蘭

數朵名蘭景物奇，含情最是半開時。
美譽蝴蝶猶生動，風送幽香自解頤。

蘭花

嬌媚幽蘭譽遠揚，避紅就綠韻深藏。
仙姿玉蕊真君子，淡泊存心送暗香。

荷花

新荷疊翠滿池塘，貼水紅花冉冉香。
碧腕玲瓏支捲蓋，風吹波動覺清涼。

春郊覓句

寒威歷盡迓春光，乘興郊遊曝暖陽。
人面櫻花相映趣，漫天詩思共芬芳。

我願

官能消萎皺紋加，一睡不醒泉路賒。
撒落殘灰大屯嶺，化泥共護遍山花。

溪上對鷗閒

平原關渡人烟少，溪上飛翔紅樹開。
倦羽隨風鷗掠水，夕陽雲影共徘徊。

詩詞創意

中國詩歌近雜洋，新知舊學互爭光。
相承道統千秋繼，條貫心傳萬象藏。
音韻和諧能詠唱，詞章典雅賴宣揚。
今行格律源流遠，創意宏觀展所長。

淡水風情

淡新捷運疾如風，城屬紅毛一世雄。
碧水輕飛翻海上，青山秀挺聳雲中。
老街店舖遊人眾，大廈園林住戶空。
極目遙天何所見，漁舟暮靄混艨艟。

陽明山景

櫻花鬥艷滿園紅，天際雲浮山色融。
白練垂空聲似鼓，青嵐疊嶂勢如風。
倚亭凝望林中鳥，臨澗遙看谷底楓。
偶觸閒情思往事，謅詩動腦慰吾衷。

八八水災

地球暖化釀奇災，駭浪排空峻嶺來。
百棟平房流土石，一場豪雨毀樓台。
橋頭浩瀚車難過，山上蒼涼人待回。
驚動友邦齊拯溺，莫教重建在泥堆。

梅花

疏籬小徑滿園梅，玉骨凝脂五瓣開。
嶺上繁葩飛白絮，枝頭嫩蕊入青苔。

孤高曾許詩人賦，淡雅常為處士栽。
不與凡花爭艷麗，霜姿影動暗香來。

賀元章兄淑華姊鑽婚

劉兄伉儷愛情深，福壽雙全甲子臨。
敦厚夫人勤教化，英明兒媳善規箴。
先生擅寫環球景，孫輩能知多國音。
鑽石斑斕婚永固，良緣美滿五洲欽。

邱燮友簡介

2009年4月24號 北京機場

筆名童山，福建省龍巖縣人・生於1931年12月14日。一歲隨父母來臺，定居花蓮港，七歲時正值1937年七七抗戰，舉家遷回龍巖，在家鄉完成小學、初中、高中的基礎教育。1949年再度來臺，次年進入臺灣省立師範學院（臺師大前身）國文系，1954年畢業，並參加預官訓練，以及在中學任教兩年，然後再考進國立臺灣師範大學國文研究所進修，1959年畢業，便留校任講師、副教授、教授。在教育界任教已逾半世紀，曾任臺師大夜間部副主任、僑生輔導主任委員、國文系所主任、所長；並出任玄奘大學主任秘書、宗教所所長；元智大學中語系主任、香港珠海學院客座教授等職。

退休後，仍任教於文化大學中研所，東吳大學中文系，為兼任教授・擅長中國文學史，樂府詩，中國詩學，並從事古典詩，現代詩創作・主編《中國語文》、《國文天地・萬卷樓詩頁》、並與臺師大、文大研究生合編《臺灣人文采風錄》，與周策縱、王潤華、徐世澤等六人出版古

典詩和新詩集，名爲《花開並蒂》．著有《童山詩集》、《天山明月集》、《童山人文山水詩集》、《品詩吟詩》、《童山詩論卷》、《白居易》、《中國歷代故事詩》、《中國文學史初稿》、《二十世紀中國新文學史》、《新譯古文觀止》、《新譯唐詩三百首》、《新譯千家詩》、《新譯四書讀本》、《新譯世說新語》、《散文結構》、《美讀與朗誦》、《唐詩朗誦》、《唐宋詞吟唱》等著述。

　　曾參與編撰復興書局《成語典》，文化大學《中文大辭典》，三民書局《學典》、《大辭典》等；以及早年參與教育部，國立編譯館所編撰的高中國文標準本教科書，南一書局高中國文教科書，三民書局高職國文教科書等。2005年，並獲得中國詩歌藝術學會贈予詩歌藝術貢獻獎。歷年教學與著述不曾間歇，並以教學和著述視爲終身志業。

2009年11月29日福州景城旅社大門旁雕像

古 典 詩

儒家古典詩學的新思維

一、緒論

　　一切好的文學來自民間，久而久之，歷代繼承，永續發展，便成傳統文學。就以詩歌而言，每個時代都有屬於時代背景的詩歌，這些詩歌延續傳統文學的路線，而反映當時的社會背景，多元化的曲風，產生新的詩歌產物；另一方面，走傳統古典路線的詩歌，一樣會消失在市場上，因此新古典詩歌，帶上現代風，也迎合時代的需要，轉變成與時俱進的詩歌。例如周代（1066～246BC）的《詩經》，代表四言詩的傳統詩歌，到了漢代（206BC～220AD），則成五言詩的時代，其後由五言而七言，由唐詩、宋詞、元曲到明清的時調曲。當代古典詩則用時代新詞彙寫眼前的事物入篇，成爲新古典詩篇。

　　儘管詩歌的內容依時代人們生活的轉變而有所開拓，在形式上也由四言、五言、七言而到長短句。但中華詩學的傳統精神，依然以儒家所建立的詩學，代代承續，精神不變。孔子（551～479BC）利用周代的民歌，建立了儒家的傳統詩教，也是中華詩學的本質，至今依然流傳不衰。例如孔子論詩，保存在《論語》、《禮記·經解》篇中，建立了孔門詩學：「詩三百，一言以蔽之，曰：『思無邪。』」，「思無邪」，便是眞情的流露。其次子夏〈詩大序〉：「詩者志

之所之也。」立下「言志」文學的原則，繼而論語中的四可：興、觀、群、怨，加上《禮記‧經解》篇：「溫柔敦厚，詩教也。」因此詩教是眞情的流露，而「言志」文學，在於具有寫實諷諭的作用，於是「興、觀、群、怨」，「溫柔敦厚」，便成儒家傳統詩教所遵循的原則。

二、現代古典詩學的新思維

傳統詩學，因時代的俱進，它在詩歌的內涵和形式上，也會因時代的不同，有所轉變。今列舉數端在古典詩學上的新思維，闡述如下：

（一）孔子有詩，詩題爲〈四不一沒有〉

自古以來，從未有傳誦孔子的詩篇，因此一般人都遺憾沒有讀到孔子的詩歌創作。其實孔子的時代，是流行像《詩經》類的四言詩。如果我們細讀《論語》，很容易發現，孔子寫了一首〈四不一沒有〉的好詩：

非禮勿視，
非禮勿聽，
非禮勿言，
非禮勿動。（〈顏淵篇〉）

子在川上，
逝者如斯夫，

不捨晝夜。（〈子罕篇〉）

　　禮是天理的節文，也是人類規規矩矩的行為。所謂「四不」，是指無論視聽言行，都要依禮行事；而「一沒有」是指人生如逝水，短暫而容易消失。儘管人生短暫，唯有克己復禮，珍惜生命，才能發揮生命的意義和價值。

　　（二）詩歌題材的黃金比例

　　去年（2008）七月，台北國立歷史博物館，展覽法國米勒（Millet）等人的畫展，主要代表作為：〈拾穗〉、〈晚禱〉、〈牧羊女〉等。我們發現這些畫作，有所謂繪畫主題黃金比例（Golden ration）或黃金切割（Golden section），也就是畫面的三分之二，為題材主題的所在，包括繪畫實質的所在，無論記事或抒情的畫面；另三分之一，為烘托主題的景物或天空，類似中國繪畫留白的部分。這種畫面的比例最美，稱之為繪畫主題的黃金比例。其實攝影畫面的處理，跟繪畫一樣。就以米勒的〈拾穗〉和〈晚禱〉為例：〈拾穗〉中三位拾穗的婦女，在大地麥田中所佔的畫面，為畫面的三分之二，也是該畫主題之所在；另三分之一的畫面，是麥田的天空和麥桿堆或農家，用這些畫面烘托拾穗的主題，意指麥田的主人，除了收穫麥田的麥穗，也會留下殘餘的麥穗，讓貧苦的婦女撿拾，含有關懷民間疾苦，具有悲天憫人懷抱的主題。其次〈晚禱〉的畫面，主題落在一對農婦和農夫，在麥田中禱告，畫面佔了三分之二，其他三分之一的天

空，是夕暉照射，構成人物與地面成十字架的畫面，感謝上蒼賜給人們糧食，還有謝天的禱祝。因此這兩幅畫，在畫面上主題的安排佔三分之二，襯托主題的天空畫面佔三分之一，這種構圖，合乎繪畫的黃金比例，是最美的主題畫面的安排。

　　如今，我們在詩歌的創作上，也可轉移到詩歌主題的黃金比例，說明詩歌的創作，可以跟繪畫、攝影的黃金比例相仿照，成為詩歌創作、題材主題的安排，詩歌內容的篇幅與主題題材的部分佔三分之二，烘托主題的寫景或紀事只佔三分之一。這種題材的處理方式，也可稱為詩歌題材的黃金比例。

　　例如漢樂府的〈江南〉：

江南可採蓮，
蓮葉荷田田。
魚戲蓮葉間，
魚戲蓮葉東，
魚戲蓮葉西，
魚戲蓮葉南，
魚戲蓮葉北。

　　全詩共七句，把「魚戲蓮葉間」一句，視為前兩句和後四句的媒介轉接句，前兩句「江南可採蓮，蓮葉荷田田。」

是寫景，烘托後面四句「魚戲蓮葉東，魚戲蓮葉西，魚戲蓮葉南，魚戲蓮葉北。」是主題的所在，教兒童辨別方位的兒歌。因此前兩句佔三分之一，後四句佔三分之二，是詩歌題材的黃金比例。

又如唐代孟郊的〈遊子吟〉：

慈母手中線，遊子身上衣。
臨行密密縫，意恐遲遲歸。
誰言寸草心，報得三春暉。

全詩共六句，前四句寫遊子思念慈母，是詩歌主題的所在，後兩句盛讚慈母的偉大，襯托全詩的主題。因此前四句佔主題的三分之二，後兩句烘托主題，佔全詩的三分之一，也是詩歌題材黃金比例的典型例子。

又如東晉陶淵明的〈飲酒詩·其五〉，這是陶詩的代表作：

結廬在人境，而無車馬喧。問君何能爾，心遠地自偏。
採菊東籬下，悠然見南山。山氣日夕佳，飛鳥相與還。
此中有真意，欲辯已忘言。

全詩共十句，前四句和最後兩句是詩歌主題的所在；其中，「採菊東籬下」四句，是寫景，是烘托詩歌的主題。詩

歌的主題詩句佔六句，這也接近詩歌題材的黃金比例。因此詩歌的創作可比照繪畫、攝影的黃金比例來寫詩，是最美、最動人心弦的詩篇。

（三）詩歌情節的新安排

在西方短篇小說中，對情節的安排有三S的論點，所謂三S是指，一、驚奇（Surprise），二、懸疑（Suspension），三、滿意（Satisfaction）。如法國短篇小說家莫泊桑的〈項鍊〉，或美國短篇小說家O‧亨利的《錦繡人生》，他們研究短篇小說，在情節上的安排，具有三S的方法。例如美國O‧亨利的〈最後一葉〉，描寫老畫家到歐洲去度假的故事，他最後的一幅畫，〈最後一葉〉卻拯救了一位來度假婦人的生命。這篇短篇小說情節的安排，合乎驚奇、懸疑、滿意的要件，是一篇驚心動魄的小說。

同理，我們也可以將三S的條件，用在詩歌情節的鋪述上。

例如，漢樂府的〈出東門〉：

出東門，不顧歸；來入門，悵欲悲。盎中無斗儲，還視桁上無懸衣。

拔劍出門去，兒女牽衣啼：「他家但願富貴，賤妾妾與君共餔糜。共餔糜，

上用倉浪天故，下為黃口小兒。」

今時清廉，難患教言。君復自愛莫為非。

今時清廉，難患教言。君復自愛莫為非。

「行！吾去為遲！」「平慎行，望君歸！」

這是漢樂府中，「感於哀樂，緣事而發」的一首動人詩歌。全詩寫一對年輕夫婦，丈夫因失業，使家中無衣無食，拔劍出門去，想幹它一票，鋌而走險，他的妻子卻很賢慧，勸她的丈夫不要為非作歹，天理和子女，甘心喝稀飯地過貧賤生活，最後丈夫還是拔劍出門，鋌而走險。詩中情節的安排，真是令人驚奇。最後結束，到底丈夫有沒有去搶劫，讓讀者懸想，合乎懸疑手法。讀完整篇，對作者全詩情節的安排，令人滿意。像這樣的一首詩歌，在情節的處理上，如同短篇小說情節的三S的處理，完全吻合。其他如唐人杜甫的〈三吏〉中的〈石壕吏〉，在情節上的安排，也合乎三S的條件。

（四）詩歌創作的新技巧

我國古典詩的創作，其中有些創作技巧可與拍電影的手法相配合。在電影的手法中，有淡入（Zoom in）、淡出（Zoom out）以及蒙太奇（Montage）。

所謂淡入、淡出的手法，是電影的鏡頭由近而遠，然後來個特寫，顯現主體的畫面，這手法是淡入；相反地，鏡頭的拍攝由遠而近，然後將畫面模糊是為淡出。

在我國古典詩歌中，不乏淡入、淡出的寫作技巧。例如〈古詩十九首〉中的〈青青河畔草〉：

青青河畔草，鬱鬱園中柳。盈盈樓上女，皎皎當窗牖。
娥娥紅粉粧，纖纖出素手。昔為倡家女，今為蕩子婦。
蕩子行不歸，空牀難獨守。

詩中由河畔草寫起，進而寫園中柳、樓上女，窗牖中的女
子，紅粉妝到女子的手。是推近鏡頭，是淡入的手法。

又如唐杜甫〈絕句四首〉其中一首，是：

兩個黃鸝鳴翠柳，一行白鷺上青天。
窗含西嶺千秋雪。門泊東吳萬里船。

這首詩，前兩句由近而遠，是淡入；後兩句，由遠而近，是
淡出的寫法。一句一景，構成了一幅意境優美開闊的圖畫，
表現了詩人悠然自適的情懷。也合乎電影手法中的淡入、淡
出的技巧。

其次蒙太奇手法，本源自於法國，是建築的用語，後來
也用於電影。廣義的蒙太奇，則指畫面由編輯、剪接，進而
使它更具深沉的涵義。是將沒有連貫、不連貫的片段，加以
組合，這些組合在作者心中組成一個有意涵的事物。所以蒙
太奇手法，在電影中透過編輯或跳躍式的鏡頭，組合成新的
感觀。

在詩歌中，也有用蒙太奇手法寫成的詩篇，例如元代馬

致遠的〈天淨沙〉，便是最好的例子：

　　枯籐、老樹、昏鴉，
　　小橋、流水、人家，
　　古道、西風、瘦馬。
　　夕陽、西下、斷腸，
　　人在、天涯。

由許多單一的景象，組合成一幅浪子的心境和畫面，用跳躍式的鏡頭，組合成一幅新的內涵。便是用蒙太奇手法寫成一首散曲。

　　（五）詩歌情節的鋪敘法

　　在小說情節的鋪敘法有四種：⑴直敘法，⑵倒敘法，⑶插敘法，⑷合攏法。情節的發展，按時間的順序進行報導，便是直敘法，如歌德的《少年維特的煩惱》，是日記體裁，依時間順序寫情節的發展。其次倒敘法，是眼前的情節，追述過去的種種情節，這種寫法如德國施篤姆的《茵湖夢》，由老人寫起，道出少年時的一則初戀的故事，最後又回到老人而結束。至於插敘法，是直敘法和倒敘法混合使用，從情節的中段寫起，時而直敘，時而倒敘，如法國小仲馬的《茶花女》便是。至於合攏法，是小說中的人物，各敘述其情節的遭遇和發展，但讀者可從各人物的說法，組合出該情節的眞相，是爲合攏法。如日本芥川龍之介的《羅生門》。

在我國古典詩歌中，直敘法如漢樂府的〈上山採蘼蕪〉、〈孔雀東南飛〉便是，倒敘法和插敘法，如漢樂府的〈白頭吟〉開端用插敘法，其後回憶出嫁時及男子追求她時的情景，便是用倒敘法。至於合攏法，則用男女贈答的寫法，完成一首完整的詩篇。如漢樂府的〈飲馬長城窟行〉，前段寫丈夫在外思念家人的情景，後段寫妻子接到丈夫的來函，讓兒子讀丈夫的來信，最後以信中的話，「上言加餐食，下言長相憶」作結，是合攏法的寫法。其他如民歌中男女對唱的詩歌，也是合攏法的手法。

（六）詩歌的聲情：美讀與朗讀

中國古典詩歌包括兩大部分：即詩歌的辭情和聲情。詩歌的辭情是詩歌的意義性，它用精美的語言、彎曲的比興語言，完成詩歌情意部分；其次是詩歌的聲情，是詩歌的音樂性，由於詩歌的原始型態，是合樂可唱的詩，故稱為詩歌，漢人樂府稱為「歌詩」，即合樂的詩。如今詩歌的情聲部分，因早期用工尺來記詩樂的旋律，用板眼來記樂譜的節奏和旋律，不像西方用五線譜或簡譜來記樂譜。因此中國早年的詩譜已不易讀懂或吟唱，對古典詩如何吟唱已成廣陵絕響。今就民間詩社的吟誦詩詞，或從古譜譯成今譜來吟唱詩歌，另有一番韻律與風情。今舉台灣南部的〈下港調〉，來吟唐人賀知章的〈回鄉偶書〉：

少小離家老大回，鄉音無改鬢毛衰。

兒童相見不相識，笑問客從何處來。

又如曹操的〈短歌行〉，我改平劇的腔調，來吟唱此詩，又有另一番聲律：

對酒當歌，人生幾何？譬如朝露，去日苦多。
慨當以慷，憂思難忘。何以解憂？唯有杜康。
青青子衿，悠悠我心。但為君故，沈吟至今。
呦呦鹿鳴，食野之苹。我有嘉賓，鼓瑟吹笙。
明明如月，何時可掇？憂從中來，不可斷絕。
越陌度阡，枉用相存。契闊談讌，心念舊恩。
月明星稀，烏鵲南飛，繞樹三匝，何枝可依？
山不厭高，海不厭深。周公吐哺，天下歸心。

用詩歌的美讀與朗誦，可探測詩歌的音樂性，以及聲情之美。

三、結論

詩是人類心靈深處奧秘的紀錄，詩人便是心靈工程師。在兩千五百多年前，孔子提倡詩、書、禮、樂教化弟子，在詩教上，建立了溫柔敦厚，興觀群怨的寫實、諷諭的精神，各代詩人，將人生百態和遭遇，寫下無數的詩篇，隨時代的文藝思潮演進，創造不少新思維的詩篇。其主要精神，便是

發揮人性的本色，發揚仁愛的美德，以及關懷民間疾苦的懷抱，以達天人合一的崇高理想。

主要參考書

一、《四書集注》宋・朱熹集注。台北・世界書局，1969年。

二、十三經注疏本《禮記・經解篇》，台北・藝文印書館。

三、《樂府詩集》南宋・郭茂倩輯，台北・里仁出版社。

四、《全唐詩》清・曹寅等編，北京・中華書局。

五、《先秦漢晉南北朝詩》今人逯欽立輯，台北・學海出版社。

六、《杜詩詳註》唐・杜甫著，清・仇兆鰲，台北・里仁出版社。

七、《我怎樣寫作》今人・謝冰瑩著，自印本，1951年。

2009年4月26日北京海峽兩岸儒學交流研討會發表之論文

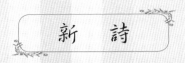

新　詩

童詩

一、

偶然在牙科醫生的治療枱上，
醫生問小朋友：
「啊，把嘴張開，
你是上牙床痛，還是下牙床痛？」
「樓上痛啦……」
「小朋友，請問
你樓上那一間房子痛？」

二、

小和元讀幼稚園小班了，
他由阿嬤幫他帶大，
有一天，朋友問小和元：
「你會想你的爸爸媽媽嗎？」
他卻頑皮地回答：

「別的小孩用眼淚想他的
爹地媽咪，我是用腦筋來想的。」

三、
有一座寺廟旁，
有一個蓮花塘，
夏天的夜晚，
一排排和尚坐著念經，
敲木魚，咯篤，咯篤，……
池塘裏的青蛙相應著，
咯篤，咯篤，咯篤，……
南風吹來，蓮花開了，
一排排和尚們都睡著了。

四、小英的故事
（一）虐待兒童專線
小英被媽責備後，
在床邊寫下一行電話號碼：
02-2722-9543
媽問小英這是誰的號碼？
「虐待兒童專線。」

小英的媽也在床邊寫下

一行電話號碼：
02-2703-8805
「媽，這是誰的電話？」
「虐待成人專線。」

小英把床邊的電話號碼擦掉，
然後對媽說：
「媽，你也把電話號碼擦掉，
因為我們都是一家人。」

（二）鞋子與孩子
小英急著要上學，
向媽媽要悠遊卡。
媽媽說：「我又不是悠遊卡。」
小英氣得將鞋子踢掉。
可憐的鞋子躺在牆腳哭泣。

媽媽揀起鞋子，撫摸著鞋子說：
「鞋子呀，你真不幸，被人虐待又糟蹋。」
「媽，我不要上學了，
你去撫摸鞋子好了。」

媽冷靜地對女兒說：

「你要不要上學，不是媽的事。
孩子呀，如果你在外面生氣，用鞋子踢人，
向人道歉的，不是鞋子，而是你！」

五、老人班

年紀大了，
臉上、手上都會出現黑斑，
好比墨汁滴在紙上慢慢擴散。

和元問我：
「阿公，你手上、臉上為什麼會長黑斑？」
「阿公一生每做一件好事，
就會在身上留下一個記號。」
「那我也要跟阿公一樣，
日行一善，阿公真是老童軍！」

「但是，有一天，
上帝來找我回去的時候，
臉上、手上有斑點便容易辨別，
才不至找錯人。」
「那可不要。阿公，
我要用立可白塗掉你的斑痕，
讓上帝永遠找不到你！」

三等車廂

汗漬、煙熏、氤氳著像夢，
蜀道如天，誰說南柯的夢短？
用激情編織美麗的故事，
青山如畫，投向流逝的大荒。
這兒，空了的座位總有新客補上，
他們照樣聊天，埋怨旅途漫長。

屹立如鶴，不然就苦坐似鷗，
雲停、夢醒，幾時才到終站？
心想礁溪剛過，該是頭城了吧！
願窗前衝上一片綠的希望。
一路熙熙攘攘，從這站奔向那站，
浮游的世界真相是一列三等車廂。

短歌兩則

❦❦❦❦❦❦❦❦❦

一、
在風中讀你的詩，
在雨中唸你的詩，
但永遠最感人的
是在心中唸你的名字。

二、
只要有一棵菩提樹，
就能得道；
只要有一盞讀書燈，
就能照亮前程。

星星的故鄉

一排棗樹守在門前，
每當棗子成熟，棗葉也凋零。
秋天的夜，搬一把小凳子，
坐在樹下對星星唱歌，
童年的故鄉，星子好低好近，
隨〈茉莉花〉〈踏雪尋梅〉，
一夜間，星花都掛在樹上，
滿樹星光，像是天使的眼睛。

也是秋天的夜晚，
記得那一年來到金門，
故鄉就在對岸，一樣滿天星星。
回浯江中心的路上，
踏著海的節拍，那晚風很輕，
〈昨夜我夢江南〉，棗樹花開，
彷彿聽到星子們在唱歌，
好親好近，像是伊人的眼睛。

秘密

我實在很抱歉，沒敢唐突，
去愛那些漂亮的女孩子；
我竟如此愚昧，聽媒人的話，
而專愛一位溫靜害羞的女子。
他們說他將搭車來與我相會，
我特地到車站去等候，
其實他早就站在我的後頭，

秋天所有的果實都已經甜熟，
林野、青天、鳥兒雙雙飛宿。
於是我帶著秘密到她家去，
讓我也低聲告訴你這秘密吧！
「第一次我和你在車站相遇，
芸，我便作這樣的決定；
我將學習怎麼去做個丈夫，
來愛她那溫柔可愛的妻子。」

山水游仙十四行詩

像蝴蝶翻飛草葉花間，
像南風穿越山水林園。
在江南的一棵樹榕樹下，
守候天外落日的圓。

你我訴説著童年故事，
彷彿我們又回到天真的歲月。
等待夏日第一聲蟬鳴的欣喜，
掛在榕樹上，兩腳懸盪的仙。

共飲一杯冰水，共啜一掬山泉，
共撐一把洋傘，共擁一片晴天。
許多豔夏織成的綺夢，
夢中有山有水，山水中有鶯有燕。

像陶淵明在南窗下讀《山海經》，
夢裡隨南風拜訪山山水水，神神仙仙。

一口井‧一畝田

一口井，養許多人家，
一畝田，養四口人家，
少年都留不住往城市跑，
井已廢了，田已減少，
綠地被吞噬，食物也在減少。

城市大樓一棟比一棟高，
重重疊疊的窗子，
明淨的倒影，好比家鄉豎立的梯田。
街道上穿梭的爬蟲盡是毒龍，
人們在高樓陰影下躑躅，
命運註定，食物越來越難尋找。

嘴上掛著：「我是快樂的出外人。」
心頭念著卻是黃昏的故鄉。
甚麼時候，才能踩著田間的露草，
回頭已是芒花滿谿的白頭。

山中

午後，群山展現原始的輪廓，
一輪比一輪淡化，
接上藍天的顏色。
我跋涉過黃土山坡，
山風迎面撲來，
不改千年的粗獷荒漠。

山是無言的，
原始是與生俱來的本色。
赫赫黃土，堅硬的性格，
蘆荻根連，是堅韌的展現。
綠草、白雲、藍天，
構成大自然蓬勃的色澤，
孕育出千千萬萬的生命力。

在群山中，整個下午，
我傾聽山風訴說大地的來歷。

揀柴火的女孩

努爾哈赤樓下一座東陵，
從一百零八級石階直上，
參天松翳掩蓋了數百年的孤寂，
路旁的白花，散發迎人的清芳。

松下那個揀柴火的女孩，
滿臉天真的微笑，
是天使的心，自然的圖記。
我發現她抱一束柴火，
枯乾的身影，如同枯乾的枝椏。

她平靜地跟東陵的松翳一樣，
她微笑像一束白色的小花，
透露天使般的清芳。
她半殘的身軀，和自然的脈動協調。

這是殘酷的命運，
枯乾的枝椏，燃起生命得火花。
命運沒有在她臉上刻下痕跡，

卻在我心頭烙下深深的印記，
那難忘東陵松下的一朵白色小花。

附記：在瀋陽東郊近鄰有清朝努爾哈赤（愛新覺羅）的陵墓，在那裡有
　　　個殘廢揀柴火的女孩，天真活潑，殘而不廢，與自然和諧。

登黃陵

千年雨水沖刷，
成千條萬條縱谷。
黃土高原龜裂，
像菊花瓣記載歷史的圖案。

車穿越過風霜割裂的，
黃土高坡，窰洞裏，
有一股頑強永不屈服的氣魄。
黃土高原上，
難得長出一株草，一棵樹，
黃澄澄堅硬的泥塊，
直把一雙雙大腳染黃。

登上黃陵，園林裏，
屹立著歷代帝王禱祝的誓語：
炎黃子孫，願世世代代，
永結同心，沒有戰爭。

但每次烽火洗劫後，

園中又多一坊君王的題碑，
只有千年古柏，萬年老松，
在冷風中冷眼看過碑中的文字，
雖有不可一世的狂傲，
但從紀年中，知道他們
也曾在此憑弔過，傷心過，流過淚……。

後記：黃陵，是黃帝的陵墓，在今陝西省黃陵縣山中。1992年9月1日，
　　　曾帶領台師大國文系師生三十餘人，來此謁陵。

天上聖母

村子口有一座天后宮，
小時候，每當燕子呢喃，
牽著母親的衣角入宮去燒香，
真想揭開神龕中的薄紗，
看清她低垂神秘的臉。

長大後，每次經過聖母廟，
就想起她低垂羞怯的臉。
我沒下車去謁見，
卻在第一次揭開白紗時，
隱約中似乎有重見的喜悅。

那堵古老的廟牆，
擁有一爐繚繞的青煙，
抱著一個童年的秘密，
每當暮春燕子呢喃時，
我想起一張低垂帶羞的臉。

讀《楚辭 · 九歌 · 山鬼》

沒有月光，只有山鳴，
是層層翻動的潮汐，
來自地心的呼喚，像風，像浪，
竹簧高歌，相思林在合唱，
來自黑森林，神秘的組曲。
這時，乘赤豹的女子出現風中，
像山鬼散發女巫的幽香，
薜荔和杜若，是她飄舉的衣袂。

江南巫歌，有山有水的魅力，
好熟悉眼神和臉龐，
隨山風呼嘯，伴子夜入夢。
迷離的情，是指引遊子的星座，
翻騰的山歌，化作相思的浪潮。
來自黑森林，薜荔的幽香，
來自地心，跳躍的音符，
來自你，沈壓已久的秘密。

大安公園

大安公園有好多月亮……

那顆童年時代擁有過的小月，
如今跳躍在山後榕樹旁。

或許是江南初晴，
躲在柳條後的一輪臉龐。

彷彿又回到尖沙嘴的海濱，
是十五吧那顆又大又圓的蛋黃。

我還是喜歡塞外漠北，
天山上湧出的一輪明月。

只有那一顆最熟悉的
掛在和平東路的，
不是故鄉的故鄉。

檳榔的故鄉

檳榔是我族的標誌，
狗是活動的門牌，
我出生在花蓮馬太鞍，
美麗的稻穗，遙遠的天空，
我曾是傑出的狩獵手，
在家鄉稱得上是一條好漢。
門前稻米翻動著綠色的海洋，
屋後檳榔像海上的桅桿。

如今在都市邊緣流浪，
在工寮中，汗水裏，
替人打造居住的天堂。
貧窮像陷阱吞噬著生命，
沒有尊嚴，也沒有陽光。
踞箕在鐵皮屋躲避風雨，
只有在夢中，月光下，
擁抱故鄉。

雲南大學

在微雨中探訪，
論美學，談民間采風。
中文人會中文人，
真情的接待，古今的交會。

在微雨中送別，
經過明清貢院的考棚，
穿越古老校園，
彷彿聽到子曰詩云的誦讀聲。
在現在銀杏林道上，
落葉片片，像唐人精美的扇。

廈門南普陀山

點燃一炷香禮拜，
生命炫麗比荷花燦爛，
瞬息間薰香燃盡，
從炫爛回歸平靜。

一生有如一闋感人的樂章，
回旋著悲劇性的淒美。
佛說：「如夢如幻，名為無常。」
在南普陀的眾生中，隨風消散。

奧斯汀德州大學

奧斯汀德州大學的地標，
是一座二十六層高的鐘樓。
鐘樓前一口噴水池，
有宙斯駕三匹馬奔騰，
象徵大學教育充滿神話，
可以改變年輕人的前程。

那三匹飛騰的馬，
代表三種願望：生活、事業和感情。
各地多少的留學生來此取經，
在龐大的圖書館中吸取新知，
在教室師生相互切磋討論，
在鐘樓前林蔭道上徘徊沉思，
每一刻鐘鐘樓發出鐘聲，
彷彿告誡往來學子珍惜寸陰。

大學城的商店街，
各類飲食店閃著鮮亮的燈，
服飾店懸掛各式T-Shirt和鞋子。

但最引人注目的是一家書城，
陳列的雜誌和書籍如書海，
偶爾站在詩歌的書架旁，
打開一本無名氏的詩頁，
上面寫道：
「真實的生活和感情，
是創造事業的基準。」

四度空間的返鄉曲

一、
家鄉是那麼遙遠，卻似乎在眼前，
繞過登高山的河，親炙過西南的水，
如今流動在眼前，思念潮湧，
猶如九龍江滾滾滔滔，流入海洋。

二、
彷彿推開封閉半世紀的家門，
隱約間有個童年的我，
在長廊迎接漂泊的我歸來，
像封閉的純釀，打開覆甄，
溢出沉醉已久童年夢香。

三、
那廊簷下長長寬寬的板凳和桌子，
是家人坐過超過半世紀的風霜。
在飄風飄雨細雪的日子，
在星光月光燈光浸潤課本中，

我窺見殷殷期盼子女成長的慈顏。

四、

堂前小天井，是歡樂的泉源，
經歷春耕夏耘，秋的收穫。
那稻穀，圓芋，蕃薯和菜蔬，
是父母汗水洗禮後的成果，
與星光陳列在天井中，迎接冬天。

五、

在不是故鄉的故鄉，渡過半世紀，
而故鄉只是一個遙遠的名詞。
漂泊的歲月像一陣風，
有一天，我的魂魄回到故鄉，
不必驚訝，我將隨風而去，飄向遠方。

食物、鄉情

從台灣帶來的食物，
是熟悉的味道。
習慣品嘗花生，貢糖，金桔餅，
會想起花蓮的海岸，宜蘭的龜山，
以及後山的大山和小鎮，
盛夏的樹，碧綠地像一塊翠玉。

在美國奧斯汀，
所看到的是披薩，漢堡和熱狗，
異國的食物，陌生的滋味。
雖然也有平野，小鎮和樹，
孤獨的情懷，總覺得在流浪。

每當夜來臨時，
把帶來的〈車站〉、〈雪中紅〉。
一次又一次的播放，
無限鄉情彷彿回到家鄉。

詩人心靈對話

——2010年4月25日，送我們最崇敬的學長兄
汪雨盦（汪中）教授上山樹葬，並以詩致上無限哀悼。

一、
「『天地玄黃，宇宙洪荒。』
我像一陣風，來到人間；
又像一陣風，吹向何方？
我愛家人，愛朋友，愛學生，
我實在太愛人間的林林種種。
我更愛神遊於書道、詩學，
讓它化成雲、化成樹、化成花，
流散四方，變成春天。

孔子一生從事教學，弟子三千；
我一生種桃、種李、種春風，
何只三千，難以數計，更何只萬千。
我走了，不用哭泣，不必立碑，
葬我於一棵樹下，化成大地。
就像一陣風吹過，不留痕跡。」

二、

「『東風染綠北屯村，

花氣薰人欲斷魂。』」

送您一束花上山，不如送您一束詩，與您對話。

您在人間結社，社名「停雲」，

仰慕陶潛，卻用筆耕，

和陶詩上百，與陶潛同享市隱。

您仰慕先師，尤以潘石禪為尊，

將子女名字，昭、明、文、選、作為命名，

子女賢孝，值得慶幸。

您以詩、酒、書道，與朋友、師生分享，

典麗率真，有六朝人的風韻，

無人不對您尊從，我們永遠的學長兄。

「『書似青山常亂疊，燈如紅豆最相思。』

『玉室金堂餘漢土，桃花流水失秦人。』」

您走了，像一陣風，

不必立碑，回歸大地；

您走了，像一隻大鵬，隨風而逝。

我們悼念您，像落櫻，像杜鵑，

鋪天蓋地，一片殘紅。

讀李白詩

李白開口寫詩，
便是半個盛唐。

從白帝出發，
一路猿聲送他到江陵；
安陸的月色，
照亮他一輩子的鄉愁。

峨嵋山那隻大鵬鳥，
一直埋藏在他的心底。
「黃河之水天上來」，
豈只是驚心動魄，一字千金，
而是披六朝的彩衣，
飛揚跋扈，洋溢大唐的光輝。

江南女子的手，
替他酌斗酒的情關。
從青梅竹馬到擣衣的婦女，
從江夏鹽商到邊城的哀怨。

酒和月，陪伴他流浪一生，
山和水，點染他潑墨的詩篇。

他想飛，在峨嵋山巔，
在巫山神女峰前，在天姥山邊，
求仙訪道，尋找第四度空間。
「渭北春天樹，江東日暮雲。」
與杜甫、賀知章把酒論詩，
在黃河濯腳，在長江采石磯捉月。

他是道士、狂生，
也是個劍客、酒徒和詩人；
他的詩像風、像花、像白雲，
他的詩飄散各處，流芳千古。

並蒂詩花

廈門行

掀開歷史的帷幕，
發現歷史比真實更美。

站在金門的馬山，
一幅巨型的廣告面對廈門：
「三民主義統一中國」；
同樣地站在廈門的臨海公路，
也有一幅巨型的廣告面對金門：
「一國兩制統一中國」。

金門和廈門，只隔一重海，
門對門，你統我，我統你，
這是愚昧的矛盾諷刺。
如果各自改掛：
「美麗之島，婆娑之洋」。
「地大物博，山川壯麗」。

那時海峽兩岸風平浪靜，
就可以相互欣賞一片美麗的風景。

男人‧女人

《紅樓夢》説：
「男人是土做的，女人是水做的。」
凡是水流過的地方，
兩岸泥土都注視她們。

女人是紅花，
男人是草葉，
草葉把花高高托起，
紅花低頭展現嬌媚。

《易經》有云：「一陰一陽之謂道。」
花開水流，生生不息。

【註】2010年元月21日文幸福教授指導的幾位在職班碩士生口試論文，
　　　是日下午，在綜合大樓庭園餐廳聚餐，參與的老師們有邱燮友、
　　　季旭昇、姚榮松、莊雅州、柯響峰等。你一句，我一句完成了
　　　〈男人‧女人〉一首新詩；事後文幸福教授也詩興大作，與其指
　　　導生台師大國文所助教許雯怡聯袂現場和了一首口占的詩，詩句
　　　如下：

〈男人‧女人〉

紅樓細說水流東，不息生生花草同。

世事銷磨男與女，幾回魂夢在其中。

窗花

從寒冬的窗格，
開出小腳巧手的祖母花。
圓圓的「福」，等待親人團聚歸來，
年夜飯上一片紅紙中，
剪出「春」的喜悅和期待。

窗上喜鵲含梅，
期許雪花融化。
門前壠上麥秆青青，
期待四月金色的麥黃。

窗格中的祖母花，
是小腳鞋面的圖樣；
千年古老才藝代代承傳，
在現代窗欄映照古典的風光。
一片充滿生命的紅紙，
剪出團聚的喜悅和春的希望。

落英繽紛的神話——天地日月山

一、女媧補天

一個縫補別人打架留下裂痕的女孩，

憑著她的好心，使人心酸，

當年沒有水泥或強力膠，

就是有，也難以黏合情海茫茫的碧空。

二、地神福德

一個白髮鬚眉的忠僕，

兩千多年來一直守護一塊堅硬如鋼的黃土。

不管歲月飄逝如繽紛的落花，

他有一種福分，

鑑賞人間悲歡離合的幻化。

三、夸父追日

一個追太陽的老頭，

就像布袋戲中的怪老子，

只是一個引人議論的丑角，

他倒地後，留下一根枴杖，

卻成了人人夢寐追求的桃花源。

四、嫦娥奔月

一個想飛的阿娥，
她厭倦每天與塵埃搏鬥，
做不完與洗碗精為伍的家事。
她也許在噩夢中是個富婆，
一旦從夢中逃脫出來，
她依然一無所有，只有一只碧海如鏡的月亮。

五、愚公移山

一個愚昧的老人，
帶領一群家族想把山移走，
太行山永遠是太行山，
猶如一堆人們的自私和貪婪。
儘管大家同心合力，山永遠是山，
屹立難以震撼的議題，
一則可笑的故事，讓人爭議不休。

臺灣篇二則

一、臺灣，海洋文學的曙光

台灣像一隻藍鯨，
浮游在太平洋上。
美麗的龜山島是神龜，
陪伴在它身旁。

古籍記載：琉球、台員，
相傳是神仙居住的地方。
經過數千年的傳統，
穿越四度空間，
點燃海洋文學的曙光。

連橫台灣通史上盛讚：
『美麗之島，婆娑之洋。』
海洋文學，炫麗引燃，
向無涯的海上冒險試探，
激發青年，征服海洋的希望。

太平洋是一片青青草原，
船隻來往像駱駝、牛羊。
他們快樂的啃食白浪，
奔跑在籃天下，成長茁壯。

我是一隻藍鯨，
飛躍在太平洋上。

—— 2010.8.10

二、花蓮，翠玉的光芒

在中央山脈大山後，
隱藏一塊原生種翠玉，
古早人稱它為後山花蓮港。

七星潭一灣藍色海岸，
白色的浪，是獻給它一圈花環。
站在米崙山上眺望，
花蓮是太平洋的故鄉。

荳蘭、馬太鞍的山歌，
是原住民向檳榔妹的召喚。
初鹿的初乳，池上的米，
是哺育遊子，享譽全臺的便當。

清水斷崖，太魯閣九曲峽谷，
驚心動魄，可媲美登蜀道的艱難。
海上湧來新潮，清新潔淨，
像一塊翠玉，使人怡悅心曠。

花蓮的泥土黏人像女人香，
親切和睦，如同家人一樣。
後山花蓮港，太平洋的守護神，
也是地震城、颱風鄉的屏障。

——2010.9.5

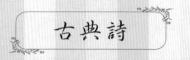

（一）北京行
（2009年4月26日～28日兩岸儒學交流會）

飛越台灣黑水溝，機落澳門
（AirMacau）（七絕）

鐵翼凌空千里晴，時空流轉順風行。
也跟夸父追天日，落地澳門第一程。

兩岸詩會

有幸同行上北京，千年孔孟有令名。
神州兩岸詩詞會，仄仄平平仄仄平。

從澳門搭乘港龍（AirMacau）黃皮班機，直上北京

古人騎馬上北京，獵取功名萬里行。
只為青山青未了，大都猶有古園情。

【註】元代京都名大都，今名北京，歷元、明、清、中國，均以此爲京
都所在地。

飛航途中

詩情累累似葡萄，粒粒清甜粒粒高。
窗外雲輕飛柳絮，猶如同硯共揮毫。

【註】從台北飛澳門，由澳門入上京，兩度同班機同排並坐，與季旭昇
一路詩興未減，詩路如絲路，成詩首首，如串串葡萄。

佳人行兩則（樂府詩）

其一

臉似春暉柳似眉，身如彩蝶輕羅衣。
儂家本是滄波客，絕代風華水上居。

其二

聞到三月是花季，櫻花開盡牡丹新。
借問佳人何處覓，青山橫臥西湖春。

——4月25日（星期六）

北京行（樂府詩）

北京城頭多楊樹，蕭蕭青蔥迎春風。
四環五環新建築，三環以內多胡同。
奧運鳥巢水立方，顯名立萬東方紅。
天安門前萬頭動，鐘樓鼓樓聽暮鐘。

國家劇院（七言古詩）

國家劇院黃金屋，排排存照九條龍。
小李春燕帶隊行，好景佳勝不落空。
粼粼水波屋頂流，童年往事來入夢。
炎炎夏日噴水柱，會長孝親易感動。
眼前好景道不盡，銀色鳥蛋在其中。
春夏槐樹傷心碧，立陽門前迎大同。

【註】①小李，李章程；孫春燕爲本團導遊，感謝宋慶齡基金會聘請最
　　　　出色的導遊，爲本團服務。
　　　②會長：指孔孟學會秘書長張植珊校長，講他童年時孝敬父母的
　　　　故事。
　　　③傷心碧：四川方言，指非常綠之意。

雍和宮（七古）

人車稠密雍和宮，四方匯集十地通。
藏傳佛寺昭泰殿，大千世界天九重。
如來大師人人仰，般若慈悲易動容。
層層疊疊法輪殿，永康萬福憶乾隆。

虔誠信徒得庇佑，入禪參拜事亨通。
不生不滅香台在，法靈慧日皆入空。
【註】法輪、永康、萬福，皆雍和殿之殿名，爲乾隆時所建造。

國子監（七古）

才人碩士論學成，鴻儒博雅饌品茗。
大成殿內祭先師，參天與地文在茲。
三代學府國子監，十三經文入金氏。
石碑刻字聖賢書，辟庸殿下傳古曲。
門庭古柏龍蛇會，歲月流金慶及第。
臨雍講學傳經義，今日祭孔奏八佾。
【註】十三經石刻數百碑林，入金氏世界記錄。

參觀清代和珅府（七古）

和珅王府金玉堂，獨樂峰前富一方。
榆樹滿園龍爪槐，福慶有餘落水塘。

乾隆庇蔭和珅宅，特將公主嫁侯王。
琉璃碧瓦裝跑獸，藏寶樓中玉天香。

前有朱雀後玄武，屋椽彩繪是上房。
曲院通幽有水榭，屋內裝設盡輝煌。

窮得滿地都是錢，到頭抄斬證荒唐。
落日餘暉暮鴉啼，繁華落盡剩餘光。
警惕後世莫貪財，歡樂此生福壽長。

老舍茶館四時歌（樂府詩）

一、春歌

琵琶轉動動春聲，桃花璀璨有深情。
琴弦流暢如流水，仙樂初聞耳目新。

二、夏歌

嗩吶聲聲催夏晴，滿樹櫻桃紅盈盈。
鳥叫引得滿堂彩，掌聲雷動如潮生。

三、秋歌

漢唐遺音入茶館，老舍祥子古今傳。

永續經營茶文化，磅礴氣勢神氣酣。

【註】老舍有《駱駝祥子》一小說傳世。

四、冬歌

翠袖輕拂依修竹，冬寒蕭瑟氣蕭索。

雪花片片凝思緒，南園採柏手盈掬。

兩岸儒學會

海峽兩岸儒學交流會，順利成功，以古詩一首，
祝繁花盛開，迎接東風。（七古）

中華孔孟啓迷津，兩岸儒學結比鄰。

漢唐事業多才俊，春秋佳日一家親。

陽明山前櫻花盛，雍和宮內牡丹新。

感激國際儒學會（慶齡基金會），殷勤接待情意真。

典籍薪傳如花卉，香是人間報早春。

（二）再訪玄奘大學

再訪玄奘大學會摯友（一）（七絕）

昔年油桐花開日，今日樹頭覆白花。
歲月流金時易促，香山訪友到仙家。

再訪玄奘大學會摯友（二）

窗外南山依舊在，白雲悠忽自然閑。
菩提樹下提往事，花落花開已十年。

再訪玄奘大學會摯友（三）

相思樹下接南風，草息花香神氣通。
滿架紫藤迎夏日，別來無恙問落紅。

（三）春秋閒吟

春日閒居（七絕）

桃李繁花開路邊，芬芳淑氣滿庭前。
陶詩讀罷齋中臥，夢入桃源作醉仙。

無題（七絕）

南窗日日看青山，歲歲青山不改顏。
我問青山何日有？青山問我幾時閒？

中元禮讚（七古）

七月十五中元日，商家民戶拜亡魂。
三牲四果倉儲積，心中禱祝福臨門。

陽明流放瘴癘地，瘵旅祭文插白旛。
屈子湘江誦離騷，面對山鬼訴含冤。
英靈喜逢盂盆會，相邀蕃魂樂中元。
蒼生感念天地德，宅心仁厚人倫敦。

──2009.9.3.中元日

三千貿易教育中心靜坐，面對禪石，賦古詩一首，以享瀛社詩友（七古）

靜坐已久一詩翁，沈思漸入禪境中。
春花謝盡知入夏，秋月皎潔照楓紅。
人生百態心自知，歲時逝水去匆匆。
前世何來不可測，來生縹緲各西東。
面對不語一頑石，微笑無言悟禪空。

2009.9.24

（四）南投桃米村行

北二高高速公路上四首絕句

其一
兩岸青山將綠遠，晴天一片白雲浮。
人生快意何堪慰？猶似銀河水上遊。

其二
欒樹開花秋意盛，一輪紅日照凡塵。
四方民舍依山立，寶島安康可避秦。

其三
茗華巒壑耀眼新，結伴同遊是比鄰。
前世有緣今世會，花開並蒂一家親。

其四
二高前路車飛奔，大甲龍潭接稻村。
風雨濛濛思好友，往來五十出紅門。

南投行（樂府詩）

金風送爽已深秋，集集埔里在南投。
青山重疊山城遠，山溫土軟腳痕留。
七十人生正青春，眼前風物景色新。
輕車快意隨路轉，桃米村前出人文。
樹蛙環聚青荷上，蜻蜓交織成彩雲。
月桃朔果路邊生，叢綠桂玉香氣迎。
山花繽紛寂寞紅，過往行客去匆匆。
浮雲流水偶相會，遊罷歸來各西東。

日月潭水泛舟輕（七古）

日月潭水泛舟輕，涵碧步道自由行。
杵歌已渺湖山在，遊人如織見昇平。
沿湖盡是繁華市，昔日清新不復存。
十年河東十年西，明潭依舊有令名。

日月潭水竹篙深（樂府山歌）

其一

日月潭水竹篙深，光華小島綠意侵。
毛家酋長今安在？杵歌縹緲入山林。

其二

彩帶羽冠飾衣衾，銀簪搖曳傳鄉音。
牽手踏歌齊歡唱，那魯娃聲最動心。

特有生物保育中心巡禮（七古）

老樹千秋作王公，榕樹樟木與茄冬。
盤根錯結多巨木，蟋蟀斑蝶小黑熊。
自然保育傳神話，葫蘆化生成布農。
卑南阿美依竹生，原生族民拜刺桐。
山高水長民敦厚，不分南北或西東。
天人合一遵古訓，草木風雲成天工。

（五）福州、廈門、金門行
2009.11.27～30

答尋隱者不遇

唐賈島有〈尋隱者不遇〉：「松下問童子，言：『師
採藥去；只在此山中，雲深不知處？』」
如有手機在，衛星可定位。
人海何茫茫，茗華開滿地。（五絕）

——2009.11.27

憶武夷山記遊二首

一、

閩江秋意滿，兩岸綠平疇。
武夷山秀麗，竹筏溪輕柔。
朱熹杖屨及，霞客腳痕留。

鍾秀多才士，風華冠五洲。（五律）

二、
武夷山壁景色新，昔日同遊益轉親。
逝水年華今何在？青溪九曲夢回頻。（七古）

祝海峽兩岸辭章學研討會，大會成功

昨日輕機渡黑水，深夜入閩抵景城。
漢唐事業多才俊，春秋佳日一家親。
陽明山前菊花盛，福州閩江江水盈。
感謝兩岸辭章學，殷勤接待情意真。
典籍薪傳如花卉，香是群芳接早春。（七古）

【註】1.黑水，指臺灣海峽黑水溝。非東北之白山黑水。
　　　2.景城，為福州市景城大飯店，亦為此次會議場地。

閩榕城（福州）石鼓山詩 五首

一、

石鼓名山留千古，湧泉寺前報大恩。
前朝唐宋留佳績，縈青繞白出乾坤。（七古）

二、

名剎古寺皆石階，步步登臨步步艱。
禪林幽趣各自賞，歡欣喜慶在人間。（七古）

三、

每方巨石題佳句，上善若水見真情。（淨地何須掃，
空門不用關）
時空流轉無窮盡，靈境心源聽佛聲。（七古）

四、

荷塘葉枯成蓮藕，且待來年春再生。
父子承傳本是道，半是青山半白雲。（七古）

五、

石鼓迎風四面聲，禪樓原本不關門。

紅塵不變滄桑變，明月千山照萬村。（七絕）

福州船政中心

旅遊能知天下事，放眼管山管水時。
馬尾船政中心裡，鄭和絲路千古垂。
沈葆禎時啓西學，宗棠已入昭宗祠。
海洋遼闊如平疇，船隻破浪展雄姿。（七古）

福州南後街名人巷

正陽門外琉璃廠，衣錦坊前南後街。（行仁義事，讀
聖賢書—嚴復故事）
名人故居有冰心，菊花〈超人〉遍地開。（七古）

在金廈線上渡輪行

一、

海不揚波爭稱海，
花不日曬怎能紅。
聽海放歌天地闊，
人生際遇各不同。
水中魚藻自有份，
所處地勢難相通。
吉凶命道隨風轉，
日落西方明復東。（七言樂府）

二、

廈門金門門對門，
兩地原本是同根。
曾經相隔不來往，
恨海難填恨難吞。
父子相隔四十年，
母女不見訴苦冤。
海水茫茫雲悠悠，
東西三通共依存。（七言樂府）

——2009.11.30

（六）宜蘭、龜山行

吟梅（七絕）

群芳凋落一枝香，
石畔生姿疏影長。
不有霜寒徹骨冷，
何來高節迎春光。

吟春（五絕）

春氣春花開，
春風春意來。
春人飲春酒，
春日滿春臺。

奇幻龜山（七律）

宜蘭海外是龜山，
碧玉青波繞島間。
五月蓬萊添佳色，
三春風月染容顏。
蘭陽稻米傳嘉禾，
蘇澳番茄遍宇寰。
屢過頭城卻回顧，
雲煙奇幻有餘閒。

宜蘭龜山遊（五律）

神龜浮水面，
昂首綠波前。
守護蘭陽地，
蕃孳北里田。
遊人醉碧海，
漁客釣蒼天。
品味宜蘭日，

歸來作半仙。

春日過宜蘭（七律）

昔日盛傳仙島在，
飄緲雲煙覓佳音。
三星蔥葉飄香秀，
五月桐花沁入心。
武荖坑村傳故事，
噶瑪蘭族墾農林。
礁溪過後福隆到，
自古龜山隔海深。

——2010.5.15

（七）絲路・詩路

絲路、詩路四則

一、
一生漂泊如浮萍，只為詩路窮畢生。
不有風華傳絕代，那來佳句勝山櫻。

二、
飛天仙侶守敦煌，沙塞風雲窮大荒。
真愛真情長苦守，琵琶穿透鐵心腸。

三、
漢唐事業在文章，氣勢恢弘石敢當。
今世風光勝昔日，卿雲早唱迎霞光。

四、
中華美食兼詩路，李杜文章烹肉羹。
絲路漫長多勝事，風雲流散只單行。

——2010.6.1

中秋詩路二則

一、近中秋（七古）

風華韻事不曾斷，古典詩詞值堪傳。
每遇佳節同擊鉢，撰句吟唱入管絃。
揮毫猶如耦而耕，華夏文壇且並肩。
春秋嘉日繁花開，桃李溪下共流連。

—— 2009.10.2

二、歡慶中秋（七律）

人間歡樂慶嘉節，欒樹逢時醉欲暈。
月缺月圓成朔望，花開花落自繽紛。
三秋流火經蒼海，萬戶放歌望彩雲。
世代相傳傳志怪，嫦娥后羿入天文。

—— 2009.10.2日中秋前夜

爲梁秀中教授題畫詩二則

一、為梁季中教授〈黃金雨〉題畫詩（七絕）

青春歲月黃金雨，朵朵英英結夏晴。
昔日年華如逝水，紛紛飄落入夢輕。

二、為梁秀中教授〈閒坐〉
題畫詩（長短句）

窗外竹影深，閒坐景色明。
金菊黃，秋意輕，高風亮節憶故人。

春花秋夢（七古）

昔日師生常聚首，博雅親師一勁松。
浮雲往事夢花落，如今南北各西東。
春來桃李花開日，園林鶯啼山櫻紅。
秋氣迎面意蕭瑟，夕陽殘照迎晚風。
歲月不肯為我留，四度空間入長空。

顏崑陽簡介

作者顏崑陽

顏崑陽，台灣師範大學文學博士，曾任中央大學、東華大學中文系教授兼人文社會學院院長；現任東華大學榮譽教授、淡江大學中文系教授。兼擅文學創作及學術研究。文學創作以古典詩詞、現代散文及短篇小説爲主；曾獲聯合報短篇小説獎、中國時報散文獎、中國文藝獎章散文獎、中興文藝獎章古典詩獎等。主要學術專長領域：儒道哲學、中國古典文學理論、美學、一般詩詞學、李商隱詩、蘇辛詞等。著有短篇小説集《龍欣之死》；散文集《傳燈者》、《手拿奶瓶的男人》、《智慧就是太陽》、《上帝也得打卡》等；《顏崑陽古典詩集》；學術述論著《莊子藝術精神析論》、《李商隱詩箋釋方法論》、《六朝文學觀念叢論》等；創作與學術專書共二十餘種。

顏崑陽近影

詩是智慧的燈

──顏崑陽的詩學意見──

一、引言：詩，是人生智慧的燈

　　我在《顏崑陽古典詩集》的〈後記〉中，略敘了「詩」與我的因緣關係，以及學詩的歷程。九歲，在父親所讀過日據時代的小學課本中，被二十幾首唐宋詩迷住，就此播下「詩」的種籽。如今回想起來，似乎李白、張繼等，這些詩人用他們作品的聲音與情意，召喚了我潛存的「詩性心靈」；而讓我在年少歲月中，從鄉村生活的情境、貧乏的課外讀物，不自覺的、狂熱的到處尋「詩」。一九六四年夏天，初中剛剛畢業，我彷彿一條吃飽桑葉的蠶兒，已非吐絲不可，忽然瘋狂的寫起詩來。從此，讀詩、寫詩、說詩、研究詩學，使得「顏崑陽」這個名字實現了某種特殊的生命意義。這幾十年來，從閱讀、創作的體驗，以及理論的研究，我對於「詩是什麼」、「如何作詩」、「如何讀詩」，一向就有自己的觀念；就稱它為「顏崑陽的詩學意見」吧！

　　幾年前，我曾經提倡過「生活詩人」這個觀念，也幫一個出版社主編過一系列稱為「生活詩人」的書。什麼是「生活詩人」？從字面意義來說，就是「能將生活過得像詩一樣

的人」。我這麼說，是為了要和「紙上詩人」對照。所謂「紙上詩人」，就是能拼湊文字，以符合某種詩的語言形式而自以為會寫詩的人。當然，「紙上詩人」與「生活詩人」並非截然為二而可兼融為一：生活裡有詩、心靈裡有詩，而又能將這些詩意表現於文字；如此，則既是「生活詩人」又是「紙上詩人」。這樣的詩，從生活來，從心靈來，是「真詩」；而這種人也就是「真詩人」，例如唐代的李白、杜甫等，現代的鄭愁予、余光中、洛夫等，都是真詩人。然而，從古至今，也有很多「假詩」以及「假詩人」。他們的文字雖然符合某種詩的形式，但是內容卻離開他們的生活、心靈很遠。這種詩，技巧再好，也不是「真詩」。

　　詩不只是空洞的語言形式構造，因此究竟是「真詩」或「假詩」，關鍵就在於有沒有「詩性心靈」。「詩性心靈」是什麼？從何而來？即使我們不作詩，不想當個「紙上詩人」，也可以經常讀詩，將生活過得很有詩意，就當個「生活詩人」。

　　「詩」這個字，我們經常在用，習之既久，卻不一定明白它的真義。我們必須先能知道「詩是什麼」之後，才能知道「如何作詩」以及「如何讀詩」。我想要談的主題是「詩性心靈的特質」，卻取了「詩是智慧的燈」這個意象化的標題。那麼，如何能說「詩是智慧的燈」？「詩」與「人生智慧」有關係嗎？「燈」能照明黑暗，讓我們看見世界萬象。人生，假如智慧未開，世界就如在長夜之中。那麼能照明世

界的「智慧之燈」是什麼？從人類文明的起源來看，這「智慧之燈」有三盞：宗教、詩與哲學。而「詩性心靈」也有四種特質：存在感、觀賞心、同情心、想像力。下面，我就「詩性心靈」的四種特質，逐一解說。

二、「詩性心靈」的四種特質

（一）存在感

「詩性心靈」的第一個特質是：「存在感」」。「存在感」與詩有何關係？我們可以用《世說新語・言語》一段桓溫的故事來說明：

> 桓公北征經金城，見前為琅邪時種柳，皆已十圍，慨然曰：「木猶如此，人何以堪！」攀枝執條，泫然流淚。

桓溫是東晉重要人物，曾任征西大將軍，官位高，權力大。晉廢帝太和四年（西元369），他北征前燕時，經過琅邪郡的金城（約在江蘇上元縣北境），看到一排柳樹；這些柳樹是在晉成帝咸康七年（西元341），他鎮守琅邪郡時，親手所種植；現在，都已粗及十圍了。「十圍」多大？有十人合抱、直徑五寸、三寸幾種說法。總之，就是指這些柳樹已經很粗大了。

桓溫從當年種柳到現在重過金城，前後已隔了二十八年。他見柳樹老了，因而感受到自己也老了，都經不起歲月

的摧殘，因此才掉著眼淚說：「木猶如此，人何以堪！」桓溫是大將軍，擁有那麼高的權力、地位，在沙場上又是何等驍勇！對著自己手種的柳樹，怎麼脆弱到掉眼淚？這是非常深沉的生命存在悲情。生命存在的基底就是「時間」。用權力、金錢可以買得一切，卻買不到「時間」。歲月的流逝，生命的有限與無常，就是存在的本質；再大的權力、再多的金錢也改變不了它。人一旦感受到這種生命存在的有限與無常，悲涼之情就會從心靈深處湧現出來。

生命的「存在」，不能只從先驗本體，以抽象概念去認知，那只是理論。柏拉圖所說的「理型」、亞里斯多德所說的「第一因」，對我們來說都非常遙遠，太抽象、太理論了；一點兒都不切身、不實在。依照中國莊子或西方存在主義者的說法，生命的「存在」就是：一個獨特、具體的「自我」；沒有誰問過這個「自我」同不同意，他就被「拋擲」到某個特定的時空場所而誕生了；這個「自我」便如此的在現實世界中存有了。接著，這個「自我」將往何處去？最終又將「歸」向何處？這些都是疑惑、都是必須去理解、詮釋的問題，而生命「存在」的「意義」也因此才能獲得解答。

人的生命存在涵有本質上的「悲涼性」，一切宗教、哲學以及詩的智慧，都由這生命存在的「悲涼性」所開啓。儒家意識到人生的「憂患」；佛家體察到人生的「悲苦」；道家經驗到人生的「哀傷」；基督教認定人生的「原罪」；存在主義者也感受到人生的「焦慮」。這「悲涼性」一方面原

自於每個生命主觀的非理盲動，一方面又原自於現實世界客觀的「有限」、「無常」。從主觀來說，人不斷以非理盲動製造許許多多的煩惱；從客觀來說，生命存在不但活著的時間、空間受到限制，而且在現實世界中的種種希求，幾乎都受到限制，都難以符合自由意願。甚且，一切都在變動之中，什麼都定不住，緊緊抓在手上的會溜走，剛得到的很快又失去。就因為事實上，生命的存在那麼非理盲動，那麼有限，那麼無常。一些有智慧的宗教家、哲學家及詩人，才會去追問：心智的清明如何可能？生命存在的無限與永恆如何可能？宗教、哲學與詩都不能只告訴我們人生悲涼的現實經驗，更要告訴我們「如何超越悲涼」而進入理想境界；但是，「如何超越悲涼」卻必然要以「感受悲涼」為開端。沒有感受到人生的悲涼，就不會想去尋求超越。

因此，「生命存在感」是一切人文學問的起點。人類從世界還是一片黑暗的遠古開始，宗教就以這些生命存在的疑惑為起點，去找答案；哲學也以這些生命存在的疑惑為起點，去找答案；詩，當然是如此。真正的詩，就是在表現這種生命「存在感」，進而用「意象」去逼近生命存在的本質，並且有些懷著哲思的詩人，更會用飽滿的智慧為種種生命存在的疑惑設想「可能」超越的答案。因此，我才會說宗教、哲學、詩，是人類面對生命存在的疑惑而所點亮三盞「智慧的燈」；故生命的「存在感」也就是「詩性心靈」的第一個特質。沒有「存在感」的人寫不出真正的詩。

人只有回到生命存在的本身，才有創意，才有智慧。智慧，必須人們貼近自己的存在，直接去體驗、去感思，才能開啟出來。今天，不幸的是資訊垃圾太多，生命存在被架空了。人們只活在媒體經過編碼的符號世界裡，因而遺忘了生活中種種最貼近的事物；甚至遺忘了自己生命存在的本身，而不理解其意義何在！沒有詩，是因為已沒有「詩性心靈」。無須經過媒體編製之層層疊疊的符號，而直接感悟生命存在自身及當下貼切之事事物物的意義，這就是創造詩的原動力。

　　桓溫「木猶如此，人何以堪」這二句話，就是道道地地的「詩」。雖然它不成篇章、不具格律；但卻充滿「詩意」，因為桓溫以「意象」語言表現了自己最真實的生命存在感受，逼近了生命存在的本質，而非僅是虛假的套語。

　　余光中先生收在《掌上雨》這本書中的一篇文章：〈新詩與傳統〉，提到新詩既不押韻，又怎麼判斷「是詩」或「不是詩」？他就舉出桓溫「木猶如此，人何以堪」這二句，說它是真正的詩，而相對舉出高適〈送李少府貶峽中王少府貶長沙〉這首詩的最後二句：「聖代即今多雨露，暫時分手莫躊躇。」雖符合格律，他卻認為不是詩，為什麼？因為這二句「是敷衍話，是門面話，不是詩人性靈的自然流露」。這也讓我們知道「詩性心靈」的特質之一，就是對生命存在最真實的感受。

（二）觀賞心

　　「詩性心靈」的第二個特質是「觀賞心」。「觀賞心」與詩有何關係？我們就用《莊子・秋水》所記載「魚樂之辯」的故事來說明：

　　莊子與惠施遊於濠梁之上。莊子曰：「儵魚出游從容，是魚樂也。」惠施曰：「子非魚，安知魚之樂？」莊子曰：「子非我，安知我不知魚之樂？」惠子曰：「我非子，固不知子矣；子非魚也，子之不知魚之樂，全矣。」莊子曰：「請循其本。子曰『女安知魚樂』云者，既已知吾知之而問我，我知之濠上也。」

　　莊子與惠施在濠水橋上遊玩。莊子「觀賞」著浮在水面，從容游來游去的儵魚，就做了「是魚樂也」這個判斷；但是，惠施卻反問他：「子非魚，安知魚之樂？」接著，兩個人展開一連串的辯論。徐復觀先生在《中國藝術精神》一書裡談到這則故事，他指出莊、惠面對「儵魚出遊」這同一現象，二人的思維、判斷方式卻完全不同。莊子說「是魚樂也」乃「審美判斷」；惠施說「子非魚，安知魚之樂」則是「認知判斷」。「審美判斷」從對具體實在之事物做主客合一的直觀、欣賞而得到，成就的是藝術性的作品。「認知判斷」則從對具體實在之事物做主客分離的驗證及抽象概念的

分析、歸納而得到，成就的是科學性的知識。這兩個人，莊子可以做個詩人、藝術家；惠施則可以做個邏輯學者、科學家。

　　莊子所說「鰷魚出游從容，是魚樂也」這句話是不是「詩」？是的，雖然它不成篇章，也沒有格律，卻滿是「美感」、滿是「詩意」。因為莊子抱著「觀賞」的審美態度去看待從容出游的鰷魚，而將最真實的美感說出來；雖然不講平仄，也不押韻，但這句話卻是「詩」了。

　　「美感」就是「詩質」。而「美感」一方面得之於「直觀」，二方面離絕於「功利」。它由「觀賞心」的作用而生。因此，我們可以說「觀賞心」就是「詩性心靈」的特質之一。「美感」得之於「直觀」，就是觀看者與被觀看的對象中間，既不介入任何已建置的知識，例如生物學、倫理學等，也不介入任何功利性的欲念，而直接感覺對象之聲色、體味對象之神情。同時，這種「直觀」的方式也不是將對象當做不涉主觀情意的純粹「客體」，而主客對立地去做實驗、分析歸納。因此，直接的「觀賞」都在當下實在的時空場域中，對著具體的物象去引生感覺經驗；古代詩學「興」的觀念，其中一個涵義，亦即魏晉六朝從「感物起情」所說的「興」，從主體思維而言，近似這樣的「直觀」。莊子與惠施觀看「鰷魚從容出游」之態度、思維的差別，也就在這裡。

　　「美感」除了得之於非知識性、非分析性的「直觀」

而外，還必須這「觀賞心」超越了「功利」欲念，才能產生。假如我們將生活中的種種事物都轉成量化的「貨幣值」或所欲求的物質來看待，「美感」就消失了，「詩」也跟著消失了。對著從容出游的魚兒，不把牠當做賣錢或飽餐的物質，而靜靜觀賞牠自由自在的姿態，那就是美、就是詩了。宋代程顥〈秋日偶成〉：「萬物靜觀皆自得，四時佳興與人同」，他說的也就是如同莊子在濠梁上「靜觀」鯈魚出游從容的那種「佳興」。這種觀賞四季自然景象的「佳興」可與人分享，而無須也不能獨自佔有。一旦對象只當做滿足功利欲望的物質，便強烈地想要獨佔它、吞沒它，很難與別人分享，而美感、詩意也完全消失了。

今天自然生態之所以被破壞殆盡，就是因為我們總把自然景物當做「功利性」的資源，而不是將它當做「觀賞」的對象。什麼紅尾伯勞、黑面琵鷺，再珍貴的保育類動物，也會被吃光光。一個沒有詩的時代、人們普遍缺乏「觀賞心」，大自然中最美好的景物就都逐漸在走向毀滅。想要讓自然生態回復生機，其「本」不在法律，而在「美育」；從生活教育去找回人們的「觀賞心」、找回人們的「詩性心靈」，才是「務本」之道。手握著權力的爺們，怎麼到現在還覺悟不到，我們這個社會最根本需要的不是人民在經濟上的「競爭力」，而是在生活上的「觀賞心」！

（三）同情心

「詩性心靈」的第三個特質是「同情心」。「同情心」與詩有何關係？我們就用蕭統〈陶淵明傳〉所記載的一段故事來說明：

> （淵明）為彭澤令，不以家累自隨，送一力給其子，書曰：「汝旦夕之費，自資為難。今遣此力，助汝薪水之勞；此亦人子也，可善遇之。」

這段故事很感人，其中蘊含著讓我們沉思的道理。陶淵明離家去擔任彭澤令，沒有攜帶眷屬。他很關愛自己兒子，派遣一個僕人到家裡，協助砍柴挑水的勞務；但是，他又特別叮嚀兒子：「此亦人子也，可善遇之。」這句話雖然沒有格律，卻是「詩」；它表現了詩人陶淵明真誠流露的「同情心」，將別人的孩子當做自己的孩子一樣去善待，非常感人。孔子所講的「恕道」，孟子所講的「幼吾幼以及人之幼」；這個抽象的道理，陶淵明在日常生活中，已將它真真切切地實踐了。

「此亦人子也，可善遇之」，這句話隱含了人間的「秩序之美」。人與人之間必須要有相互同情、彼此憐惜的「愛」，社會才能建立和諧的秩序；而人們在「和諧的秩序」中生活，感受到沒有壓迫、沒有剝削、沒有殘害的「親

和」情境，那就是「美」。將這種美感以語言表現出來，就是「詩」。因此，我們可以說「同情心」就是「詩性心靈」的特質之一。

　　「同情心」就是道德理性應物而動的表現，就是「善意」。「詩」是否必須以道德之「善」做為它的本質？這個問題，不同的文學觀會有不同的主張，唯美主義者對於詩的本質，大多排除了「善」，認為詩之為詩就在於表現「非關道德」的情趣之美；但是，儒家傳統詩學則抱持「美善合一」的觀念：詩，表現的不僅是「個人」對自然或日常生活表象所體驗的美趣而已；更重要的是在「群體」彼此互動的「關係」中，以「和順」的人格表現為「和諧」的秩序；而這「和順」的人格就是「美」、這「和諧」的秩序也是「美」。人格之「美」與秩序之「美」的表現，當然涵有「善」的性質，美與善一也。這就是《孟子・盡心》所說「充實之謂美」，也就是《禮記・樂記》所說「和順積中，英華發外」。何謂「充實」？就是將「善性」做最充分、最真實的表現，那樣的「人格」就是「美」，正如〈樂記〉所說會有「英華」發之於外。我們常說的「內在美」、「人格的光輝」便是這個意思。讓我們想想，日常生活中，人們彼此接近時，若能感覺到人人親切、祥和；如此存在「情境」真是何等的美呀！這種「美」非關風景，乃是人的善良心性表現在彼此「互動」的言行上，非僅由耳目之聽見，更由心靈之感受所得到的一種美。將這種美以語言文字表現出來，

就是一首好詩。

　　陶淵明的「同情心」還不僅表現在對待「人子」而已。其實，他有很多詩篇，都是「同情心」、都是「人格美」自然的表現。我們就舉他的〈讀山海經〉來體會一下：

　　孟夏草木長，繞屋樹扶疏。眾鳥欣有托，吾亦愛吾廬。
　　既耕亦已種，時還讀我書。窮巷隔深轍，頗迴故人車。
　　歡言酌春酒，摘我園中蔬。微雨從東來，好風與之俱。
　　汎覽周王傳，流觀山海圖。俯仰終宇宙，不樂復何如？

　　這首詩好在哪裡？它看起來很平淡，沒什麼絢麗的辭采，沒什麼奇特的技巧，究竟好在哪裡！它就好在詩人「同情心」的自然流露，毫不造作。各位深深的、細細的體會：詩人就真切地生活在大自然的情境中，與草木鳥獸渾和一體。到了夏天，「微雨從東來，好風與之俱」，而草木生長，群樹欣欣向榮。他看到鳥兒有了很好的棲息之處，非常快樂地啼唱著，所以說「眾鳥欣有托」；而他自己的「家」雖然簡陋，卻也在這一片自然之中，日子過得非常簡樸而安適：「既耕亦已種，時還讀我書……歡言酌春酒，摘我園中蔬」，因此他很滿足的說：「吾亦愛吾廬」。詩人不但自己過得快樂，也希望鳥兒過得快樂；因此，「眾鳥欣有托」，不只是客觀的說鳥兒「欣有托」，更是詩人主觀的為鳥兒感到「欣有托」，這就是「同情心」。我們再合情合理的

想像，要讓「眾鳥欣有托」，詩人當然就不會隨便去砍樹，而保存鳥兒的棲息之地，所以說「繞屋樹扶疏」。詩人推擴他的「同情心」，順隨自然，讓草木、鳥獸各安於其生存空間。古人認為「人」與「天」、「地」並為「三才」，而能「參贊天地之化育」。宋代理學家張載在〈西銘〉中說：「民吾胞，物吾與」。道理很高深，陶淵明這幾句詩卻很平實又很透徹地將它表現出來。詩人、草木、鳥獸就在大自然中，各在其自己卻又渾化如一，這不就是《莊子‧齊物論》所說「萬物與我為一」的存在境界嗎？因此，我們可以說陶淵明這首〈讀山海經〉真是古今第一等好詩；而它全由詩人的「心靈」在生活實踐中自然流露而出，非刻意從技巧而得。

這種「同情心」，這種存在境界，清代的鄭板橋體會最深，也實踐最切。他在〈濰縣署中與舍弟墨第二書〉中說：

平生最不喜籠中養鳥，我圖娛悅，彼在囚牢；何情何理，而必屈物之性以適吾性乎？

接著〈書後又一紙〉：

所云不得籠中養鳥，而予又未嘗不愛鳥，但養之有道耳。欲養鳥，莫如多種樹，使繞屋數百株，扶疏茂密，為鳥國鳥家。將旦時，睡夢初醒，尚輾轉在被，聽一片

啁啾，如雲門、咸池之奏；及披衣而起，頮面、漱口、
啜茗，見其揚翬振彩，倏往倏來，目不暇給，固非一籠
一羽之樂而已。

　　他這封信說的是日常生活所行之事，不是扳著道學臉孔
教訓人；文字又淺顯易懂。他不喜歡養鳥，就是因為不願將
自己的「娛悅」建立在鳥兒被「囚禁」的痛苦上；鳥兒在山
林中自由飛翔，就是牠的本性呀！假如愛鳥又不願養鳥，兩
全其美的辦法，就是在住家四周種樹，營造一個鳥兒最佳的
生活情境。清晨就在鳥啼聲中醒來，彷彿聽賞「雲門、咸
池」這類黃帝、堯舜時候的古典樂；還可一面洗臉、刷牙、
喝茶，一面觀賞鳥兒飛舞跳躍的姿態。這種情境實在不僅是
養鳥者所享受「一籠一羽之樂」可比。陶淵明〈讀山海經〉
詩所描寫的境界，在鄭板橋這封家書中再現了。

　　「同情心」並非難解的大道理，鄭板橋在日常生活中很
真切地將它實踐出來。

　　這就是「詩性心靈」，因此這封家書雖是散文，沒有格
律，卻是最好的詩呀！

（四）想像力

　　「詩性心靈」的第四個特質是「想像力」。「想像力」
與詩有密切關係，這是大家都熟知的道理。我們就以《世說
新語・言語》謝道韞「詠絮」的一段故事來說明：

謝太傅寒雪日內集，與兒女講論文義；俄而雪驟，公欣然：「白雪紛紛何所似？」兄子胡兒曰：「撒鹽空中差可擬。」兄女曰：「未若柳絮因風起。」公大笑樂。即公大兄無奕女，左將軍王凝之妻也。

謝安在下雪的日子與家族聚會。他看到雪花飄飄的景象，就隨機教學，出了個題目：「白雪紛紛何所似」，考一考兒女們的「想像力」。兄長謝朗的小孩胡兒先回答：「撒鹽空中差可擬」。他將「雪花飄飛」想像成「撒鹽空中」，不能說沒點兒相似；但是，一方面這個比喻只將兩者顏色之「潔白」做了聯想，而雪花質地之「輕柔」卻非鹽巴能做比喻；二方面，「撒鹽空中」這景象也太質實、太笨拙了些，顯不出雪花飄飛那樣輕靈迷濛的美感；即使承認這一句話也是詩，卻是不夠好的詩。大兄謝無逸的女兒道韞隨後說：「未若柳絮因風起」。「柳絮因風起」，充分展現謝道蘊這個才女的想像力，雪花的「潔白」、雪花的「輕柔」、雪花飄飛的那種迷濛的情境之美，都可以用「柳絮因風起」去譬喻。這就是詩，而且是一句「好詩」，比胡兒高明了許多。

想像力，可以把這個東西和那個東西因著某些外在或內在相似的特質聯想在一起。這就是漢代孔安國解釋《論語·陽貨》：「詩可以興」時，所說的「引譬連類」。「興」是詩得以產生的主要因素，也是「詩性心靈」的特質之一。它

從「心理層」而言是「想像力」或「聯想力」；從「語言層」而言是「譬喻」。詩的語言有隱喻、象徵種種特質，都是建立在人類的想像力上。而心理之想像、語言之譬喻則又建立於「實在層」之宇宙萬物原本就具有的「類似性」。因而，「興」做為詩歌創作的動力因、質料因，必須整合「實在層」、「心理層」、「語言層」的各因素才能充分理解。假如單從心理層來說，「想像力」就是「詩性心靈」的特質之一。沒有想像力，白雪只是白雪、鹽巴只是鹽巴、柳絮只是柳絮，好詩或壞詩都產生不了。

三、結語：詩，是生命的存在方式、生活的態度、心靈的感覺

綜合上述，我們可以做一個歸結：「詩性心靈」是什麼？第一，它是人們對自身生命存在經驗及意義的感悟能力。第二，它是人們不受抽象概念思維及功利欲望所支配之一種直觀、欣賞的能力。第三，它是人們待人接物所自然表現的同情心、人格美，隱含著善意。第四，它是人們的想像能力。

一個人假如懷有這些個「詩性心靈」，心中就有詩了。至於如何將它「文字化」而表現為一首詩？那是第二層次的事，只是一種語言表現技巧，需要一些專業練習。一個人可以不寫詩；但是，生活中、心靈中卻不能沒有詩。因此，我們可以說：詩，是人的一種生命存在方式、一種生活態度、

一種心靈感覺；這是詩的根源。

　　近些年，我對當代社會文化的觀察及體驗，最深的感受為：這果真是一個沒有詩的時代！沒有詩的時代，不僅指我們這個時代不寫詩、不讀詩；更指的是我們的生活已不存在「詩」的質素，人們的心靈沒有詩的美感，也不需要有詩的美感。

　　詩，必然離不開人性、離不開人心、離不開人的生命存在經驗及意義、離不開我們的生活；它是一盞人生智慧的明燈。離開這些要素，詩就只算是一種「文字遊戲」。一個沒有詩的時代，其實也就意味著人們的心靈已熄滅了這盞智慧之燈了。

　　詩的創作，必由感物、緣事而發。因此，一個詩人必須以靈活的「心」體受生命存在的意義、感應自然萬物的生息變化、關懷社會治亂哀樂的情境，並且多讀古代的經典作品。詩，其實沒有那麼深奧難懂，只要先解決文字典實的意義，然後將自己的存在感思帶進詩境中，和李白、杜甫、陶淵明、王維等大詩人去「談心」，自由感發、情境連類，就能有所體悟。如此，感受得到詩意之後，又能熟習形式格律、技巧，就可以寫詩了。或者，也不一定寫詩，只要經常讀詩，涵養「詩性心靈」，做個「生活詩人」也很好，讓日子過得像一首無字的詩歌。一個人、一杯茶、幾首詩；詩中智慧不用一錢買，朋友何莫學夫詩？真正最高層次的精神享受，往往不是用金錢買得到的呀！惟智者能得之。

〈詩是智慧的燈〉原刊登於《清華中文學報》第三期，98年12月。今節錄前半部，略做修補、連綴成為完整的篇章，這就是我的詩學意見。

沒有眼睛的雕像

我們將在眾人的冷漠下談一個朋友
　不說江湖多風波
　不說渭北春天樹
我們只說
　母愛已在工業市場被拍賣

我們將在眾人的冷漠下談一個朋友
　花朵已能永不褪色
朋友
　你只是一尊沒有眼睛的雕像

脫弦

存在是力的持續
我乃脫弦之箭
　衰落前，必不能停頓

一九七九記事

她作了永恆的承諾
卻只說了一個字：新
鏤在時間的軌道
沒有加蓋關防

我瞌睡了一季的眸子
被梅花乍暖的掌尖觸醒
　她真踐約而來

走出混沌
走過黃帝
走過漢唐
走入一九七九
她的臉孔竟沒有
　斑駁的銅銹

遺失槳楫的擺渡者

冷而且渴，我是
　遺失槳楫的擺渡者
　在水之央
黑暗圍成漩渦
我摺疊軀體，無言等待
　誰是凌波而至的洛神

怎樣一隻手，在彼岸燃起
　一盞燈
妳說妳是水中的燈影，而我乃
　捕捉燈影的癡人
將如何泅過這
　三千弱水

殺狗者

　　午後
狗，在簷下跪成忠實的樣版
賣力舔著他膝頭的傷疤
舌蕾是粒、粒、粒、粒的尖石
　　在一次錯誤之後
　　他曾經跪出樣版的忠實

　　傍晚
狗，在釜中飲泣
啃著狗舌，他舉杯奠曰
　　你的錯誤是
　　忠實得刺傷了我

　　深夜
他的膝頭隱隱作痛
跪在晨光中，他終於決定
　　再買回一條更忠實的
　　狗

伊蓮娜三曲

Ⅰ：開在黑夜的曇花

伊蓮娜

妳是開在黑夜的曇花

我是隔牆守望的向日葵

　　太陽會灼傷妳的明眸

　　月亮會揭露妳的黥臉

日與夜是永被隔絕的世界

伊蓮娜

愛情鎖在惡龍看守的古堡

　　我們的心是唯一的鑰匙

人們卻説

　　黑夜是佛陀慾望的面具

當我向著太陽

　　在千萬隻眼睛監視下

　　如何鑿牆穿窬

變身為

戴著面具的偷花賊

II：雲水誓約

伊蓮娜
妳如何向我詮釋
　　紅樓隔雨相望冷
　　珠箔飄燈獨自歸
這是雲與水　永難兌現的誓約嗎
這是緣與命　鏤刻的碑文嗎
這是妳與我　被人排定的劇情嗎
或者　這只是
　　詩人浮生若夢的幻影

伊蓮娜
密雨如針如鋼絲如網羅如
　　千萬隻交相責罵的手指
我將如何穿越
　　優雅的走到妳窗前
　　高聲悲唱著〈上邪〉
紅樓是華麗的雷峰塔
　　妳的靈魂是蛇
　　能爬過貼滿教條的封印嗎
珠箔洩漏燈火　是妳充血的眸子
天已荒　地已老
　　我能回去哪裡

吾兒還被鎖在冰冷的精子銀行
　仰望巨塔　我們將如何等到
　崩山嘯海的哭喊

III：我們裸身若蛇

伊蓮娜
我們回到神話與夢吧
　沒有牌坊
　沒有誡條
　沒有串聯如鎖鍊的眼睛
　沒有鋪排如鐵軌的嘴巴
我們裸身若蛇
　交纏成一叢垂掛曠野的藤蔓
離開上帝獨占的EDEN吧
　荊棘滿地算什麼
　蒺藜滿地算什麼
當妳從我的肋間發芽
　長成一株被禁食的無花果
我們就已明白
　塵泥混合的連體
　火焰之劍如何能分割

伊蓮娜

站在巫山的峰頂
　　我不是王是渴慕的化身是所有男人的夢是洪荒的獸
　　妳不是神是情愛的天體是所有女人的夢是洪荒的獸
陽臺向著天日袒露
　　準備受孕的子宮
朝雲從妳燃燒的雙眸冉冉升起
　　我將它裁剪作靈魂的焚化爐
暮雨在妳胯間飄落成潺潺的溪流
　　我的胴體寧願沉底　　固結為不被開鑿的岩石
慾望是盤古精液餵養的蟲
　　從《道德經》第一頁爬出
　　在夢中化蝶　　翅膀鐫刻前世今生的誓約

伊蓮娜
妳是一朵曇花
　　不必開在黑夜
我是一株向日葵
　　無須隔牆守望
究竟第幾世　　能將神話與夢寫成不被篡改
　　只載記著我們名字的歷史

諾諤行贈戎庵

丁巳解甲而歸，戎庵招飲，見貽短古一章，有捉塵繼譚龍，封侯屬屠狗句爲賦諾諤行。

諾諾復諤諤，于喁爭齊作。燕石隋珠一綃囊，我行清濁亦何託？聞君有木真堪材，葳蕤胡爲樹廣漠！誤在塵網中，背俗常脫略。世情類飲酒，與君細斟酌。昔笑孟軻迂，憑誰論天爵？狂飆不返雲，枯蝸徒高著。或爲足底塵，或爲九皋鶴。物態各承因，我生常自若。君爲亂離人，久與虎狼搏。四十年間行萬里，書劍風塵說如昨。氣骨尚自凌海清，翰墨猶批世道薄。我今作意爲君歌，倚劍風回春花落。他日倩誰爲我歌？疾雨霖鈴夢蕭索。當歌不須淚，且分千杯樂。白髮行欺君，青山猶夙約。吾輩戶牗亦人間，常心唯肯專邱壑。誰能龍蛇間，諾諾復諤諤！

溪頭行

命駕非為仙，斯山不堪隱。但愛邱壑殊，共來攄幽困。此地有蒼林修竹美池神木之屬，食則山芹竹筍，飲則烏龍絕品。絃目山屏青，抄鬢浮嵐近。叢薄帶迴坡，森森相接引。千竿凝寒碧，風鳴驚幽寢。漱齒臨清泉，何得一石枕？老木歷劫春，辭伐豈枿散！揭來或可避機栝，刀俎魚肉相脫免。時人已知沃洲山，相逐喧喧如豚犬。人跡污林霜，衣上煙塵滿。

采蕨篇並序

　　洄瀾多蕨，野蔬之美者也。丁丑清明既過，予偕妻采於翠陂。煙雨其濛，風物舒和，縱身大化，恣意倘佯。因思夷齊，何必死節如是者哉！

采蕨不為飢，煙霞夙所期。只因倘佯意，偕妻赴翠陂。莽莽千林立，披榛入重圍。答吟空鳥唱，昕夕唯日知。采采不盈筐，尋尋任所之。蕨在山之頂，蕨在山之隈；蕨在山之谷，蕨在山之崖。困來倚石臥，開襟自幽思。嗟有首陽客，寧死節不移！草木無君臣，

帝力豈相羈？作息隨日夜，大化真吾師。曠然安時命，何必夷與齊？

雲海

吁嘘！誰傾東溟之水至？跳沫紛紛魚龍沸；非也。或是帝其佈網羅，鷯鷲鼠鼠爭鼓翅；非也。或是天女群出遊，仙袂飄飄乘鶴戲；非也。或是鯤鵬搏扶搖，或是九龍噫大氣；或是織婦張其機，或是六軍揚其幟；非也。君不見其勢列岡巒，其色雪敷地。嫶則素綾纏，翻則梨花墜。風高牛羊奔，日爍珊瑚萃。已遏秦青之歌，更狀郇公之字。噫嘻！雲成海，海瀰天，含水得氣出山川。我命銀翼凌太虛，衝濤如行天上船。乾坤一渾沌，俯仰何茫然！隨槎將焉至？玉宸入遐觀。層樓疊閣俱如幻，輪囷龍馬各成煙。眼下物色空馳驟，休將紅桑插海田！

大椿歌贈張大春並序

張大春，奇士也。博涉古今，兼識中西。又擅作現代散

文、小說，不肯一語入陳套，奇變出眾意之表而歸於正。稗類有《公寓導遊》、《四喜憂國》、《大說謊家》、《沒人寫信給上校》、〈將軍碑〉諸作。魔幻而寫實，嘻笑以諷世，蓋獨造之大家也。復聞吟詠，駿快奇險；更驚臨池，氣骨清勁。異哉！此君於藝文無不能也。予久荒風雅，詩輯梓後，數年僅得十餘篇。大春見而喜，喜而和；未幾逐一次韻悉成，曰：「催崑陽詩。」噫！大春，絕人也。能不有詩以答之，爲賦〈大椿歌〉。

春秋八千兮上古之木曰大椿，想像靈域隔風塵。死生是非無何有，獨臨百仞作龍鱗。噫嘻！觭夢偶墮人間世，蘧蘧未始知前身。有士鷹飛起閭里，逸氣橫天呼大春。風流從來棄軒冕，文章豈肯失情真！散體疑坡公，小說羅貫中。詩乃韓吏部，書則米南宮。吁嘘！流水行雲筆生花，掃盡格套任才華。古今鎔裁入胸次，萬變總歸思無邪。君不見稗海可能涵天地，帝王將相皆芝麻。魔幻真堪顯百態，刺世翻作喜劇誇。儒道墨法各有術，說謊另可成一家。將軍之碑應無字，成敗憑誰辨龍蛇？嗟哉！現代豈是隔漢唐？小說作餘詩開張。李杜韓賈齊側目，險字奇思來鴻荒。吟罷間亦濡羊紫，行草最可出心腸。灑墨於君如遊戲，氣骨未必讓米黃。嗚乎！大木何求成樑柱，高材只恐逢樵斧。廟堂衰衰多蟲蠹，廣漠我願共君舞。大椿歌兮歌

將歇，夢覺彷彿千山月。山月豈真照當世，古今同夢誰分別！靈域恐亦受風塵，迢遞旋歸路已絕。大春曰：我本楚狂人，不歌獨對寒江雪。

新賃居板橋艱難之世得遂存身亦云幸矣

比來簞食足，委夢賃居新。有地皆充物，無樓不主人。雲天接案闊，花氣助心春。賦若揚雄敵，何須更逐貧！
側身戰塵外，容膝幾人存？去住同天地，飛沉只夢痕。霸才非此世，高閣臥初昏。若到烏衣巷，為賒夕日溫。

罷翮二首

罷翮真無恨，背群猶放吟。雲曾擁高翼，壑正應清音。北海獨化久，南風何日深？托生共天地，千里各飛沉。
休為憐無主，非時固不鳴。圖南天可負，斂後意常

征。骨豈風塵刬？心猶日月明。空山初覺起，騰鬧上
林驚。

聞蟬

高抱竟何待？千年誰解音！我懷真淨水，獨夜坐鳴
琴。聲盡宮魂冷，歌殘夜色深。喧喧同此夕，寂寞一
生心。

放懷

濠上空高想，長歌氣壓襟。奔雲長作魄，疾鳥正為
心。閱水雖三世，臨風但一吟。江山殘雨後，孤慮碧
波深。

登高

攀天曾有夢，欺鬢但悲風。君子愁居下，喬林欲得峰。山疑爭起勢，雲故作從容。吾意真千里，關河更幾重？

花蓮山海爲勝甲戌移家閒情寄乎無言丙子乃有此作

滄海如召我，群峰更媚人。移家非為隱，在野只求真。天下澄心外，酒邊明月鄰。迴瀾多淨土，不必問桃津？

移家花蓮憶台北故居五首

徂夢真如昨，落花猶有香。思之何歷歷！逝水已湯湯。京邑雖靈地，繁華詎我鄉？西窗今獨坐，長夜正微涼。

並蒂詩花

文山曾卜宅，久厭作浮游。切水因憐碧，依山想得幽。書多月窺讀，吟暢鳥知酬。何事難終老？寒波更遠流！

高城真不夜，何必月臨空！眼為虹霓亂，耳因歌管聾。人情猶木石，酒市競豪雄。誰識殘宵裡，寒汀有斷鴻！

多士風雲地，競求鼎食家。生兒縱愚魯，干祿有軒車。臨事空梁鼠，爭名老樹鴉。由來王謝子，不見夕陽斜。

古作分庭禮，今猶貨殖先。有門皆是店，無士不求錢！醉醒酒德頌，龍蛇山木篇。高城已天外，風月滿平川。

春感四首

嗟趁東風感物華，空窗新火待烹茶。簾含夜氣迷殘夢，人惱春寒拂落花，寂寞葦廬唯縱酒，尋常桐巷獨歸車。初停小院垂楊雨，聲冷悲蟲欲透紗。

凝寒曉氣透帷侵，孤榻閒愁和酒吟。忍看吳蠶費絲盡！休聽蜀魄泣春深！山房月夜曾留夢，人面桃花已斷音。幾度平蕪新綠後，鴻書魚素兩沉沉。

薄暉穿幔晚徘徊，對酒孤吟淚墜杯。夢裡歸鴻身幾
度，簷前舊燕語空回。故山落葉紅難掃，新柳添枝綠欲
堆。池館寂從人去後，清宵坐雨怕聽雷。

立盡斜陽暗晚村，空灘煮酒聽潮喧。銜花燕去孤飛
雨，負氣人歸獨掩門。猶費傷春新臥疾，從來賦別已
銷魂。風塵細審層層路，夜館星羅點夢痕。

無題

松園清夜一簾風，小室瓶花默默紅。待夢雲來山翠
外，採蘭人在月明中。孤香竟許盈懷袖，心事唯能付
雁鴻。不信相思都化燼，高臺垂柳正青蔥。

辛亥臘月二十五夜獨飲

風流自喜坐傾壺，詩興偏從酒力蘇。剪筍預知僧有
約，尋春先遣燕為奴。年殘欺夢仍斜雨，夜永銷寒只
小爐。嗣歲猶看桃李在，孤燈誰與論江湖？

戎庵隨使馬尼拉有詩賦答二首

定知蓮幕有奇謀，去國何妨作雁遊！重海亂波猶可
濟，故山多夢不宜秋。千杯酒美誰青眼？一葉身歸忽
白頭。休報空潭春色好，西窗無復謝吟甌。

去留同是滯天涯，南北總宜雲作家。稅駕從心應招
隱，轉蓬無份賦吁嗟。劍心休與灰俱死，詩興偏隨老
更加。枯海只求龍有種，歸來尚許坐論茶。

哭劉公中和

不返鶴魂須更哀，餘生畢竟葬鯤臺。曾期干莫費心
鐵，只向風騷成軼材。超象可能從蝶化，悲時尚想待
春回。詩人去後真何世？一碣寧知疾雨來！

常從說杜坐垣庭，膡對溪聲不可聽。園樹懸香虛作
色，鄰雞哭夜只殘星。詩人許是暫淪謫，泉路誰知真
窈冥？身後若論公寂寞，文山想見一燈青。

丙辰歲暮重有感

濩落還欣能暫安，何妨快意顧年殘！榮枯一葉忽經眼，生化千形真有端。尚想好花延好歲，漫將春酒壓春寒。芳菲自是無常主，猶許憑心仔細看。

同夢機至屈尺訪子良不遇坐對溪山而歸

聖代誰云無隱者！聞君逸氣傍泉生。雲深不約心同往，門寂空聽蟬亂鳴。高坐看鴻爭地暖，幽吟見水在山清。千峰已共斜陽暗，又抱煙塵入鳳城。

甲戌移家花蓮背嶺而居丙子初春頗懷夢機昔日文山剪燈茶煙未散而君已殘疾如何東遊共對山色乎爰成二律

東來快得好湖山，胸次每迴天地間。背嶺有窗雲作幻，無心臨壑水為閒。真情早許追元白，高筆相期過馬班。可惜群峰疊疊翠，何人對酒看春還？

昔日文山共剪燈，茶煙薰鬢尚青青。湔心獨我來東海，折翼愁君臥北溟。世亂荻花飛曠野，人歸霽月滿空庭。風泉欲取千尋水，寄與藥樓孤夜聽。

七星潭

流金鍍海起初陽，獨臥風灘似帝鄉。頑石圓成須百劫，狂濤靜篤費千方。七星何物空傳說！群嶺無言自莽蒼。夢醒誰知經幾世？可能遍地插紅桑。

甲申花蓮詩社全國聯吟予忝爲詞宗與諸家同賦「洄瀾夢土」

坐想雲峰別有天，滄波纖碧竟無邊。已聞邱壑奇三界，更接青黃度九阡。醉夢始通君子國，廟堂誰信馬蹄篇！此邦原在風塵外，唯欠詩書答自然。

戊子清明已過風雨如晦因思夢機近多憂世之篇　北向而望爰有此作

已過清明冷未春，山風海雨亂花辰。高樓北向失群雁，疊嶂東陲思故人。可惜詩家逢此世，何如賈道托浮身！野雲恐是知天意，橫臥無言自屈伸。

次韻絜生詞丈落花詩十首

重來舊圃賸煙霞，設酒真堪醉病枒。不信春心長作淚，幾年孤苑看殘花。

銅鍉香囊瘞已遲，眼穿歸蒂竟無期。何人解說流鶯語？
好勸離紅戀故枝。

久耽榮謝任更年，好景江南幻似煙。休過寒池亂紅
地，枝頭病蝶正堪憐。

未許攀枝久作親，醉時傷景淚尤真。幾回空岸怨蕭瑟，
舞盡前溪不見人。

雨散香魂喚不應，馬嵬新死屬如冰。自從高閣閉門
後，不逐流塵過紫墫。

殊容絕態畫猶存，獨對香墳酹一尊。已負春期終薄
倖，空聽環珮辨歸魂。

斷靄離霞葬一坯，寒侵玉骨劫成灰。可憐榮謝同虛
夢，尚許芳園夢幾回？

苦怨辭風約後期，翠襟殘淚未全晞。他年舊塢行經
處，定有繁香惹故衣。

殘枝摘下倚燈看，冷翠疏紅翻夢端。吟到頹花慵不
掃，恐驚霜氣入階寒。

細檢殘粧色不妍，休將敗蕊認華年。可能瑤圃人歸
後，又看夭桃植幾千？

蟋蟀二首

九月霜風正及門，寒蛩啼夜似求溫。重廉最羨各自媚，清露侵階疑淚痕。

從來浮世不長春，歷劫誰知雪後身！在野高吟心自定，臨寒何必更依人？

朱梅四首追和魯公實先原韻

玉面含情非酒紅，先春不肯嫁東風。人間誰得身相許？心在孤山鶴唳中。

不近風塵氣自華，空山環珮作幽花。常甘艷色鄰頑石，春到寒雲第幾家？

苦憶瑤臺謫降初，漫將紅淚灑清虛。人間別有逍遙地，玉砌雕欄入夢疏。

擎燭尋香夜色清，殘粧漸隔水盈盈。空巖惆悵千杯酒，莫向東風哭不平。

詠梅二首

綽約應居姑射，孤山猶在人間。自被林逋誤識，仙姿
任世高攀。
鬥雪有心清白，孤芳無意爭春。寂寞寒山月夜，暗香
只待幽人。

曉起

不夜燈圍市，初陽唯鳥知。覺來猶在夢，終負採葵
時。

憶舊遊

　　黃君坤堯世僑居澳門。弱冠歸國，與余同窗。其人負才
情，擅長短句。今值其學成還澳，乃感倚此曲相贈。

半生悲去國。喜遠來，他鄉似還鄉。四年寒燈外，忍

波雲疊阻，飛夢濠江。漫分故國花色，和酒潤吟腸。更一笑山川，春晴坐暖，翠入書窗。　　　林園舊遊處。遣百尺柔條，綰住斜陽。浮世長如客，慣生涯離聚，無淚沾裳。錦箋不寫深怨，疏鬢怕秋霜。卻醉到長亭，淒風苦雨歌折楊。

疏影 寒蟬

涼柯乍哽。起塞地角聲，商曲吹冷。所念何因！孤抱吟愁，空負眼前清景。倚枝看遍黃沙地。竟晚矣、啼妝窺鏡。怎得來、恨淚盈襟，一抹鬢絲殘影。　　　自嘆驚秋病翼，如何隨過雁，渡盡東溟？暗夜斜風，不奈輕寒，高調倩誰長聽！十年孤島尋蹤跡。總是在、禁園香徑。只惹得、千種淒涼，唱到一庭昏暝。

徐國能簡介

作者徐國能

1973年生於臺北市。東海大學畢業，師大國文研究所博士，任職於師大國文系，以詩學之研究與教學爲主。論古典詩主張醇雅，思想情意應透過古典意象來呈現，同時以詩爲修養，在詩的閱讀與創作中體認、表現傳統文化協和清淡的悠遠意境。論現代詩則主張抒情本質和實驗性兼具，好的詩能在意象、語言及形式上追求突破，彰顯並思索存在意義的「現代」特質。

古典詩曾獲「臺北文學獎」、「臺北市公車詩暨捷運詩文徵選獎」、省立圖書館「詩人節全省詩人聯吟大會獎」等；現代詩曾獲「大武山文學獎」、「中央日報文學獎」、「臺北市文學獎」、「全國學生文學獎」等，出版散文集《第九味》（聯合文學）、《煮字爲藥》（九歌）、《清代詩論與杜詩批評》（里仁）。

徐國能近影

翁方綱與《杜詩附記》

　　翁方綱，字正三，號覃溪（一作谿），生於清雍正十一年（1733），乾隆十七年（1752）進士，卒於嘉慶二十三年（1818），年八十六歲。翁方綱學術淹通，一生精於考訂，勤於著述，在經史、考據與金石研究等方面卓然有成，他亦長於書法，並以詩人自居，是爲沈德潛以後，清代中葉最具影響力的詩人之一。以「學人之詩」著稱的翁方綱雖在詩藝上不被時人和後人完全肯定，[1]但他所提出的「肌理說」卻在當時有相當廣泛的影響。[2]「肌理說」以學術充實詩歌內容，以律法規則詩歌創作；糾正了格調說的勦襲之病，補充了神韻說的空疏之譏，亦對性靈說的浮滑有某種程度上的抵抗，是極具企圖心與開創性的詩論。

　　在翁氏的詩論體系中，對杜詩的討論與理解尤其關鍵，「肌理」二字，即源於杜詩：「昔李何之徒，空言格調；至於漁洋，乃言神韻，格調神韻，皆無可著手也。故吾不得不近而指之曰『肌理』，少陵曰：『肌理細膩骨肉勻』，此蓋繫於骨與肉之間，而審乎人與天之合，微乎艱哉」[3]，翁方綱一生勤研杜詩，並從中體會詩道之要旨以做爲肌理說的理論根柢，因此翁方綱論述杜詩的意見及評點杜詩的內容，都是其詩學的體現。而翁氏對杜詩最完整的論述意見，見於其

所著《杜詩附記》。

　　翁方綱十六歲始讀杜詩，《杜詩附記》完成於清・嘉慶五年前後，時翁氏已六十七歲，他以五十年的精力苦心鑽研杜詩，《杜詩附記》中展現了點校批注、議論考訂等基本工夫，亦對杜詩的藝術根源與創作觀念有諸多闡發，翁方綱「杜詩學」的核心，他在《石洲詩話》卷六「漁洋評杜摘記」的後記中說：「若夫讀杜之法，愚自有附記二十卷，非可以評語盡之」[4]，由此可見翁方綱自己對此書的重視。

　　《杜詩附記》二十卷雖爲翁方綱讀杜心得所在，但此書並刊刻，只見鈔本，目前所見，分別藏於北京、上海與臺北。北京鈔本乃據周采泉《杜集書錄》所載：「附記之原稿本今藏北京圖書館，並有徐松所增批者……豈別有附本耶」[5]，本書十二冊（詩十八卷，文一卷）。上海鈔本則是上海古籍出版社《續修四庫全書》1704冊中影印清宣統元年夏勤邦抄本，此書前有自序，後有梁章鉅（1775-1849）做後記，並有藏家夏勤邦之說明一則，但全書僅鈔翁評，無杜詩原文，亦未見徐松所增批者。

　　《杜詩附記》另一善本藏於臺灣師範大學圖書館，筆者親見此書，共二函，十二冊（詩目一冊，詩十冊，文一冊），二十卷，鈔錄杜詩原文，每頁二十行，每行廿一字，書中有圈，有點，有眉批、旁批與尾評，內容相當豐富。此書除了翁批，亦有徐松（字星伯，1837-？）的手筆，藏書者胡義質在此書「杜詩目」一冊的書衣上注明：「另紙黏篇

評語，凡翁筆俱有騎縫圖書，其無騎縫圖書者，爲徐星伯手筆」，細考書中黏帖夾頁之手筆用印，確如胡氏所記[6]。但此書並無梁章鉅之跋，內容也與夏勤邦鈔本略有不同，如〈偶題〉一詩，夏之鈔本錄有〈與馮魚山編修論杜詩偶題起句〉一文，臺灣師大藏批本則無，但多一夾頁錄〈論杜詩飛騰入句示諸國學前輩〉一篇[7]；又如卷九〈野人送朱櫻〉一篇，夏氏完全未鈔翁方綱批語，但此詩翁批頗精，特輯錄以見一般：

三四押住，五六浩於身世，直往末句，所以後半牽住，別出頓挫。不覺遂生構粘，然此在杜公，亦非有意也，而不知此，遂論其意中先有五六一聯，則於詩理，全未體會矣。[8]

又夏之鈔本偶有訛字，如〈偶題〉詩之尾評末句，夏鈔爲：「此一篇乃一部杜詩之次序也」，但師大藏本，翁批則曰：「一部杜詩之大序也」，其類如此。

此三本各有所長，所遺憾者，臺灣師大藏本與北京藏本皆未製作照相副本，是無法將此二善本一一劾校，不知兩書是否爲同一書，或是即爲周采泉所謂之「別有副本」？不過較諸上海夏勤邦錄本與師大藏本，則兩書頗堪互補，吳銘能〈銖積寸累，蔚爲大觀——沈津輯《翁方綱題跋手跡集錄》書後〉一文曰：「細讀《杜詩附記》原稿本（臺灣師大本），……有的批注正好在某詩中的某句旁，表明其爲詩眼

關鍵處，過錄本（上海本）則對此沒有注意，難免將其精髓大打折扣」[9]，此語指出了原稿本與過錄本的差異所在。其實，翁氏批語特別重視「篇章段落分合意旨」[10]，尤其是常指出詩中一字爲全段或全篇的關鍵，或爲主腦所在，或爲伏筆所在，因此他的評語常是針對特定字眼而發，在形式上，多用朱筆點出該字，而於書眉上加述意見，夏之過錄本因無原文，無法彰顯評點的形式特色，其鈔錄的論詩意見便可能令讀者不知所由了。

翁方綱心折杜詩，然他作《杜詩附記》除了個人尚好，另有時代的因素，一爲不滿於歷代及當時的杜詩評注，一爲要力抗王士禛以「神韻說」貶抑杜詩的風氣。前者如他早在乾隆三十三年成書的《石洲詩話》中表達過的意見：「近有《讀杜心解》一書，……所解誠有意味，然苦於索摘文句，太頭巾酸氣，蓋知文而不知詩也。不過較之《杜詩論文》、《杜詩詳註》等略爲有說耳。其實未成片段」[11]；後者則是因爲聲望奔走天下的王士禛（1634～1711）以追蹤王維、韋應物等人清澹含蓄的詩風，以及主張司空圖「不著一字，盡的風流」和嚴羽「羚羊掛角，無跡可尋」的詩論，提出了「神韻說」，對杜詩有所貶抑，因此翁方剛便以《杜詩附記》來糾正王說的偏失。

《杜詩附記》的創作背景與目的既如上所言，其內容也就相當清楚了。主要而言包括了：字詞校訂與考證、呈現杜詩藝術設計、駁論舊說以澄清誤解等幾方面：

「考據字詞以正義」乃因翁方綱爲杜詩的校勘專家，因此他特別在意杜詩各版本間有歧出的字詞，而一一予以修定，如：如〈春日憶李白〉中「白也詩無敵」，翁於「敵」字下抄「一作數」，並批曰：「非」；[12]又〈送孔巢父謝病歸游江東兼呈李白〉一詩「指點虛無是征路」一句，翁抹「是征路」三字，而補曰：「引歸路，一作是征路」；「惜君只欲苦死留，富貴如何草頭露」一句下加入：「一作『我欲苦留君富貴，何爲草頭易晞露』」[13]；這些大約是他綜理各版本間的所得，對校勘杜詩訛誤頗有幫助。

　　「析辨篇章而求法」則是翁方綱認爲杜詩「篇中情境虛實之乘承，筍縫上下之消納，是乃杜公所以超出中晚宋後千百家獨至之詣」[14]，但前人所論皆不能愜意，因此他評杜的一大企圖便是在揭示度詩章法變化的藝術價值，所謂：「凡有足以窺見下筆之深祕者，苟可以意言傳之，則豈有滅盡線跡者哉？」[15]，因此他特別重視對杜詩篇章的分析。如〈奉贈韋左丞丈二十二韻〉一詩，翁批曰：「似是中段六韻，前後各八韻，而其浩氣不可劃斷。杜詩篇章之妙，大抵仿此，亦或間有竟可以節奏頓束分看者，究竟仍當以一氣領會耳」[16]，此說頗異於其他注本，頗有參考價值。

　　「駁論舊說以立言」則是翁氏對前人評杜多有不滿，因此在《杜詩附記》中加以釐清。如明代主格調論詩的李攀龍（1514-1570）泥於選體的美學標準，而提出了「唐無五言古詩」之說，在《杜詩附記》中，翁批〈玉華宮〉一篇曰：

「滄溟錄唐五古極少，而獨取此，不取〈九成〉篇，乃大言唐無五古，亦舛矣」[17]；又如主神韻說的王漁洋以爲杜詩「精熟文選理」之「理」字不必深求，翁方綱在〈宗武生日〉一詩的評點文字中說：「精微期託全在一『理』字，似非漁洋所知」[18]。

綜上所見，翁方綱對前人說杜的批判，皆是其詩學觀的具體展現，也可以說翁方綱藉由杜詩的探討，彰顯了格調說徒襲其貌的失敗，以及神韻說但求妙味，卻不見杜詩章句安排，深通詩理的獨到藝術，惟有其「肌理說」，才是分析詩歌最好的路徑。

《杜詩附記》與翁方綱在其他的論述（如《石洲詩話》、《復初齋文集》等）構成了其杜詩學的主要面貌，從「考據字詞以正義」、「辨析篇章而求法」與「駁論舊說以立言」三方面呈現了翁方綱對杜詩的認識情形，也可從中理解「肌理說」的論詩特徵，是一部體大思深，值得重視的著作。

注釋

1　如洪亮吉（1746-1809）以「最喜客談金石例，略嫌公少性情詩」視翁方綱，朱庭珍亦云：「翁以考據爲詩，餖飣書卷，死氣滿紙，了無性情，最爲可厭」。

2　例如嘉道年間由程恩澤、何紹基、鄭珍等所倡行的宋詩運動，重學問，善議論，即受翁氏之學的影響，程恩澤便是翁方綱的再傳弟子。

3　見《復初齋文集》（臺北：文海出版社，1961），卷15〈仿同學一首爲樂生別〉，頁634。

4　《清詩話續編》，頁1493。

5　周采泉《杜集書錄》（上海：上海古籍，1986），頁496。

6　臺灣師大圖書館藏《杜詩附記》第八冊中〈秋興〉、〈詠懷〉諸篇皆有浮帖用印。

7　此文應是徐松所帖。

8　臺灣師大圖書館藏《杜詩附記》第五冊。

9　《書目季刊》第37卷，第1期，2003年6月，頁76。舉例來說，〈洗兵行〉一篇原鈔本首句「中興諸將收山東」一句旁，翁批「大書史法」，夏鈔本即無鈔錄此語。

10　《續修四庫全書》本《杜詩附記・序》，頁230。

11　《石洲詩話》卷一，《清詩話續編》，頁1382。其中《杜詩詳註》詳於出處典故，即所謂支蔓者；《杜詩論文》以八比論杜詩，即「更非詩理」者。

12　見（師大藏）《杜詩附記》原批本，卷1。

13　同前註。

14　《續修四庫全書》本《杜詩附記・自序》，頁232。

15　同前註。

16　同上註，卷1，頁251-252。

17　《續修四庫全書》本《杜詩附記》卷3，頁287。

18　同上註，卷14，頁503。

是誰，篡奪了我們不存在的意義？
——論陳黎〈英文課〉[1]

一

　　島嶼孤立於大陸之外，而邊緣又孤立於島嶼之外。

　　在德希達（JacquesDerrida）的概念裡，「邊緣」與「茫點」正是一個能夠讓我們對既有文本重讀、重譯的缺口，因為在「邊緣」，文本結構被一反常軌的閱讀所破壞，歧異與誤差的「意義」形成於正統解釋之外，以「中心」為準的的規範遭到顛覆，另一種閱讀與創作的樂趣於是產生。

　　陳黎的詩集《島嶼邊緣》正是站在邊陲的邊陲來面對既有的龐大書寫系統，並重新創造（非創作）其中的意義。整本詩集，作者以種種方式來達成這種理想，其中有：以圖象表述之，如〈雪上足印〉；以大量表列來引申其存在與虛無者，如〈島嶼飛行〉；以語音中同音多義來創造歧出者，如〈不卷舌運動〉、〈一首因愛睏在輸入時按錯鍵的情詩〉；在詩集中更有一類作品，乃依附於「本有其作」的文字，以不同的拼貼、偷換文字等方式來架空其原始意義，癱瘓其文本互涉的可能性，創造另一種新的「詩意」，如〈新康德學

派的誕生〉及本文所要討論的〈英文課〉等作。

二

〈英文課〉一詩中作者的工作不同於傳統詩人，他沒有經營字句、創造意象、設計譬喻，也沒有結構安排、悉心斷句分行造成詩的效果，他所做的，只有翻譯與拼貼而已。

拼貼以為詩的工作，以創作手法而言可分為兩類，一是本無其文的作品，即是作者自我想像出一套文字系統，而這套系統是建立在許多甚無關聯性的字句之上，展現其錯亂組合卻產生具體意涵的「拼貼效果」，如陳克華〈車站留言〉一詩，以車站留言板上所記載不同旅客不同心情的錯雜交織，成為一幅亂中有序人生剖面；又如夏宇的「連連看」一詩，以幼兒「關聯認識」的題目為詩，讓讀者自我參與詩意的建構（或破壞），造成永無窮止的詩意。但這些詩作都是經由作者精心設計，如〈車站留言〉有幾條隱約的脈絡可尋，而〈連連看〉則有幾個項目具有普遍的相關性。

另一類則是本有其文作品，經過重組而有新意，其文字只有原作中固定的幾個，工夫全在組合之妙，故其難度遠高於前者，成功之作往往讓人有更大的驚喜效果。如夏宇的《摩擦‧無以名狀》一書中的詩作全由《腹語術》剪貼而來，作者只有動用剪刀漿糊，沒有用筆寫一個字。而陳黎此詩，亦可屬於這類的作品。

〈英文課〉一詩中的句子大部分是由國中英文課本中翻

譯而來，作者英譯中後，再選取不同的段落加以拼貼而成，偶再間入類似課文，但卻是自我創作的句子，如此竟使原本教導學生單字與文法的無聊單句，由毫無意義可言突然生動起來，讓人在卒讀之餘，對於機械化的文明生活與單一化的價值取向感到深沉的悲哀與無奈。

三

　　〈英文課〉的第一、二、三段全用現在式的表述語句，說明主詞「是」什麼與「有」什麼，首段交代其家庭成員，父親是醫生而母親為護士，表現了社會價值對於性別成就期待的空幻與僵硬，這個符合社會標準的「傀儡家庭」，所擁有的房子、電視、汽車都被冠以一個「大」字，在連續並列的形式中讓人對凡是求「大」的心理產生厭煩感，末以「大鑰匙」這種不合邏輯的事物突顯這一家人的可笑，而這幾個被「放大」的句子同時也表現了現代人追求物質生活欲望，但又充滿不安定感的心理變形。

　　第二段先以約翰這個抽象人物與孫逸仙博士的生日表現「凡人」與「偉人」的不同，進而引起讀者對這個問題的思索：凡人在偉人生日的假期中，竟只是玩電腦遊戲與睡覺，偉人紀念日與遊戲睡覺的並置產生了荒謬感，而這種荒謬感正是一種抵中心的具體表現：當政治塑造了一個嚴肅的議題，以放假做為對於一位偉人的紀念，但一般人竟是以遊戲睡覺來打發這個假期，於是這個措施政治及歷史的沉重感被

消解，紀念偉人的集體意義由是崩潰，進而發展出多元的意義，孫逸仙博士的生日不再凌駕於約翰之上，中心與邊陲的模式於焉蕩然。

第三段同時並舉了「動物園」、「教室」與「公園」，相同的敘述模式使動物們與學生、教師及植物們成為同一層次的個體，亦即在平板的敘述中抽離了每個事物所獨具的特色與意義，使一切成為虛幻的存在，只有一隻邊跑邊玩的狗能跳脫這個敘述的障礙而獲得生命，這是否暗示了整個文明大規模的刻板化正逐漸消失了人類的生命本質與創造性？

末二段雜以疑問句的形式，但乾燥的問題與答案更加突顯了機械化的思考，其中第四段以「他將不和他的雙親一起去」聯接「他們將玩得很愉快」，看似因錯接而產生喜劇的效果，實則寫出了親人間感情疏離的悲哀。末段的問答幾乎全是重複的句子，回應了全詩表現空洞貧乏生命的基調。

故此詩雖然是剪輯英文課本的文句而成，但經過作者安排，卻能創造出一個有機體，同時較之夏宇的《摩擦・無以名狀》，〈英文課〉以全句摘錄的方式完成，似更勝夏宇以單字片語重組詩句，有更高難度的操控力與想像力。且此詩並未流於後現代詩作難以避免的一個問題：即是太過開放的文本造成索解失控的局面。〈英文課〉一詩饒富深意，同時並未終結其詮釋可能，因為此詩乃是以一個歧異去突破整部國中英語課程，讀者可以這首詩的方式，在英語課本中（或

課堂上）任何一段讀出深意，故此詩以示範性價值引領讀者進入新的詮釋空間，並把更大一部份的文本留給讀者自己去譯讀，巧妙完成後現代詩作「讀者參與」、「永無止境」的閱讀／創作。

四

〈英文課〉藉由國一初學英文學生，僅能使用簡單語法描述事物的窘境，表現當外在掩飾都被洗淨後，所呈現真實意義的荒誕與悲涼，這種大巧若拙的創作技法，正提供了讀者另一種詩的趣味，「反璞歸真」、「不言而化」的冷靜筆調在《島嶼邊緣》中時常出現，除此詩外尚有〈戰爭進行曲〉、〈腹語課〉等多首[2]，這也是後現代詩作的一項特色與優勢，作者提供文本但不干預讀者自我發現、自我創造詩句的內涵，而這幾篇作品，形式上共通的特色為大量的同質性，〈戰爭進行曲〉全由：兵、乒、乓、丘幾字組成，是接近的字形在數量上的大量重複，而〈腹語課〉則是表現在聲音的接近方面，〈英文課〉是利用語法上的重疊關係。這種重複並不造成閱讀上的枯燥，而是在詩中，簡省了說明、補充及修飾的文字，直接由意象本體發出訊息，憑讀者的聯想力產生更為有趣的意義。

因此這樣的創作，強調了符碼的創造性而輕忽了符旨的既存，挑戰了傳統文字串聯產生意旨的規範，突顯了文字本身自我形成涵意的可能。這樣的嘗試，正面的影響是加大了

語言與文字的可能性，負面的影響則是使作品成爲符號的遊戲、語言的迷宮。〈英文課〉一詩並未以玩弄文字來表彰其後現代趣味，反而以極收斂的敘述，在平淡中爆發無窮的新意。

德希達曾自喻爲「雜工」，即是利用文本的殘磚碎瓦營造出另一座宮殿，而陳黎以後現代的閱讀／創作，篡奪了這些原本在文學上甚無可取的英文句子，做的正是這項工作。站在傳統「中心」的立場，英文課本是語言教材，其文本重點是字彙與文法，並不在於文學上的技巧展現與事理人性的刻劃入微，故其存在，僅是爲了實用的目的而已，本身沒有具體統攝的意義與工具外的其他工能，但是〈英文課〉的截句重組改變了教材呆板的個性，將新生命賦予這些索然的句子。這正是作者以「歧異」重讀了文本，在傾斜的吊燈[3]照射下，無意義的文本轉化爲有意義，語文系統也提升爲文學系統，不僅是邊緣的「重讀」，更是邊緣的「創造」，因爲這些句子的深邃涵意，已遠在它們做爲語言教材的想像之外。

注釋

1　本詩收錄於陳黎《島嶼邊緣》（皇冠，1995.12），頁104。

2　見陳黎《島嶼邊緣》，頁112、108。

3　傾斜的吊燈爲德希達的暗喻，指理性系統的偏差詮釋。

書法

買一支勝大莊的如意
在羅紋石上研一泓清爽的初夏
書被催成，墨瀋淋漓
童伴已消失在捕蟬的密林中
我的九宮格框住了暑假
醴泉銘的水聲錚淙，白鶴銘
晴空萬里

惟恐所有午睡後的下午被關在玄秘塔內
只好偷懶寫一段上大人孔乙己
多年後
在數位的0與1之間
日夜吟唱
竹尺刀工禾木力，中心女卜火舟金
中年後入律的詩
不再是倉頡的刀契與玄想

但請用懸針為我縫製一件風的衣裳
行走在唐朝磔波的痕跡裡
請給我一個清晨的鳥啄
喚醒我勒住夢的馬匹
豎掌為鋒
凝立在時間的巔峰之外

幸福及其他

幸福

我比某些人窮一點，所以
幸福
我比某些人忙一點，所以
幸福
其實我也比很多人富裕
比很多人清閒
所以也許因為你正讀這首詩
我是幸福的

快樂

我們手牽手一起散步，在晚餐後
路上車子很多，空氣污濁
人行道被攤販與髒水佔滿
我們繞來繞去
還是不免踩到垃圾
有些車對我們亂按喇叭，比中指
但我們的手一直都沒有放開

我們買了一串黃澄澄的香蕉回家吃

愛情

窗前的電線桿上有兩隻鳥
固定在傍晚後飛來憩息
今天，只來了一隻
我們都好擔心
甚至
有點失落

成功

我聽到了一些笑聲
還聽到一些哭聲
我的詩老百姓都懂
也有老百姓不懂的地方
我的女兒不喜歡我拿鞋拔
我秘密的情人日益美麗
我肚腩愈來愈大，鼻毛
常不知不覺跑到鼻孔外面　　推薦信
都隨便亂寫
有時用毛筆有時用原子筆
但簽名的時候
字跡瀟脫，如一條船

擱淺在藍色珊瑚礁的沙灘上

君子

會議上，趁人不注意的時候
我打了個盹
因此錯過了發言的機會
大家都看到了
但都裝做沒看到
回家後，本來想在結婚週年
送太太一個鑽石
後來因為她命我去洗碗，油膩膩地
我偷偷把石頭換成一條絲巾
並大聲說：Surprise
夢中，我發了橫財
醒後如實交代夢的所有細節

無題

用手指撥動靈魂的吉他
用眼神唱出哀怨的民謠
用野草來譬喻愛情的得失
用火來形容妳離開後的心情
我記得的都是那年夏天
遺忘的是我們的種種

我也許曾經難過
也許曾經快樂
我也許應該旋轉
在年曆的翻動間重新回到每一次
幸福降臨的時刻
我也許應該在鏡子裡
摸到傷痕
用風做一件遠行的衣裳
用淚打一把傘
用手關掉城市的燈火
因為路和我的夢皆已無需照耀
我丟掉以前的帽子
像是被一陣風所吹走
我也許曾經多情
也許曾經寂寞

主婦詩人

不曾入詩，不曾忘記

早晨醒來，晴
我知道昨夜死過
陰暗的鄉愁如藤蔓滋長
有花葉在傷口　窗外
有伸至無限的藍

孩子上學了　他們會長大
也許精於數算曆法　喜唱遊
但無法躍過　每到早晨
從我的鄉愁裡長出淹沒一個母親的
沉默沼澤

　他們會長大
也許和我一樣懂得了這些
在某天

　報紙在說話　絮聒城裡的不安

國界外戰爭的砲聲後有我匿名的詩
丈夫仍熱戀著騎馬打仗的童年
留給我
　家

按下洗滌　漸漸褪色
暴風雨中的名字般
自己在鏡中愈來愈淡
　孩子不會記得，情人也不會
即使遺憾　也不能
在脫水後添加柔軟時間的因子
生命不耐漂白

午餐

散步到很遠的河岸
新規劃的公園禁止野餐遛狗腳踏車
但不禁止死亡　枯籐老樹下
抽煙的老人　下棋的老人
無事怔忡的老人
不愛喧譁　而寂靜已經
來到　且親吻
提早降臨的黃昏

新聞和連續劇間是洗碗
氣象充滿水聲，但不是雨
油膩的主題曲沖也沖不盡
在心的唱盤上殘留

　照例要在圓月的寂靜裡枯乾
再用濕潤與香氣為屍首做最好的復活
　男人享用並嬉笑我循環的邏輯
　辯證歲月

孩子睡了，他們不懂我的詩
也許有一天會
　有更好的句子　有我已不懂的夢與星光

拉緊被子　我知道
今天活過
在破碎的句子裡

　不能入詩　不能忘記……

停水日

停水日而收到訃聞
據說詩人臨終仍然寂寞
花開滿園只有風來欣賞，那天
我們用乾淨的陽光洗臉祈禱漱口
那天所有的龍頭彷彿默哀
不能吐出一個字

光線還在公車還在帳單還在
得證：今天並沒有損毀
口渴在懸念裡加劇空洞
擴大成滿街市招的各色漢字
死亡與日光熾烈而漫長
水錶無言，靜止在不同的記憶裡
教堂的鐘向世人宣告：即日起
我們的生活開始枯萎

因緣

1.
山寺這般的夜雨合當坐禪、傾聽
和著水聲落下的灰燼或是往事
我在醉後為抵二十文銅錢所畫的桃花
一瓣一瓣　都落盡了
腌臢的肉身也任山寺這般的夜雨吹打荒涼
曾經我也是眷戀功名的少年……

2.
蘇州城裡的青石板路終日響著商賈驟馬營營的跫音
富家子弟的飛鷹走狗
男人交易的豪笑女人幽戚的哀歌
傍城商卓的櫓聲如搖蕩著一瓶初釀的辛辣劣酒
沉浮其間　枯淡的六經四書孜孜如我
八股破題的法門是最後的城闈
偶然夢裡不可自抑的妄念令自己感到罪惡與羞恥
偶在繁青的園林對一樹桃花怔忡　潸然下淚

　　　　　　　　　　　　　　　並蒂詩花

3.

鄉試解元在盈門的喧賀中我獨自落寞

縱馬山林漫游　破敗的寺院老僧鶉衣百結

講罷金鋼經我陡然驚覺　一盞微涼的茶

榻上彷彿桃花已開落了二十個春天

慈母嚴父的哄誘與雷霆終於我還是赴京趕考的青青子
衿

卻不料世道如此　宦場傾軋

一腔經世的抱負構陷為投機阿腴之徒

千夫笑罵地逐出考場……莫名得罪的羞忿我沉吟江邊

俯觀清水　只見骷髏一具卻非紅顏如斯，大笑：

「前塵兩袖黃金淚，公案三生白骨禪」

從此自號六如

4.

溯江漫游　登臨勝蹟

真箇是所謂如花美眷似水華年

然胸中鬱積的塊壘卻不因此而消散

儘管江南的青樓紅袖有說不完的纏綿不盡的清歌

我只獨愛在桃樹下俯仰流連

執起曾經飽沾聖賢的話語的敗筆

以我的落拓為富商巨賈的風流更畫一枝豔紅桃花

然後於金杯綠波間典當一聲聽不見的嘆息……

曾經我也是眷戀功名的少年……

5.
　　然後
蘇州河上的因緣便是你們口中的佳話了

　　是歲布衣重回已是破敗了的家園　尋著曾經掩耳
　　令我焦躁書案的喧囂　漫逛少年時的河畔
　　陽光暖碧流水像融化了的歲月漂浮我的昨天　我以
為
　　那無意間的輕笑是我不曾領略的……愛情
　　　吳興三世相國的華府門外再度相逢
　　我拋下過往的苦痛，歡樂
　　甘心為一襲烏衣的僮僕

6.
貪癡與愚頑人生　怎也參不透的苦果

元宵夜裡我醉後賦詩，題畫於壁
糊塗間贏得了一襲榮華　半生虛妄

7.
青青園林微雨　酷似我的少年怔忡樹下

落滿階墀的桃花在鼓吹鞭炮聲裡澹然寂靜
對景思量　過往紛繁的六如不過微塵緣化的微塵
發抖流汗剎那我張皇恐懼不能自已而恍忽間跌坐破敗
山寺微涼的茶
夢幻泡影如露亦如電的謎語　千萬黃金而一世美人

所有際遇我哭笑拍手而去　山寺的夜雨
就像從不曾來到……

想念林旺

爺爺說了一個戰爭的故事,很久很久以前……
咀嚼甜美的蔗葉時爺爺仍會想起
故鄉多雨的黃昏與急行軍,炮聲與渡海
而孩子的笑語是安樂鄉最後最美的夢了
如今爺爺已在歷史裡睡去
再也沒人講起那些將軍們的往事
每當捷運又載我回到童年的記憶深處
歲月空缺了的巨大空白總讓我一再張望

奧秘

輕輕翻開最後一頁，夏日
微風讀完了所有故事……

抽屜裡

1.

打開多年未回的信
竟是一個陌生人寫給
另一個陌生人

2.

信底下的照片微笑
提醒我
毋須太相信自己
或是光陰

3.

各級學校的證書發給人
有的太胖，有的太瘦
這麼多年來都隱憩在一紙銅版紙上說：
珍重，再見

4.
國家級的證書發給人
有的坐牢，有的作古
他們喧譁地向我保證
向世人保證：
許可，無罪

5.
一張偽造的遺囑早該隨思念火化
文字難道比肉體更有權力？所幸
金錢與寵愛
我多分得的那些部份
蟑螂知道，而兄弟姐妹們
不知道

6.
而人生無非是債權關係之延伸
那疊厚厚的名片
似乎不敵一行轟魯達
真實存在過

7.
被註銷多年的學生證風化成

一片碧綠橄欖葉
過期的陽光散發氣味：
某個夏天
不成文的年紀

8.
我的命運曾經宏偉過
「真龍天子出人間」的籤詩，預言
我將擁有平凡的夢想
薄成一紙晚年的
喟嘆

9.
電話開始行動後
傳呼器便不再收到訊息
過去的情人　死亡的朋友
來不及的理想與
青春的約會……
也許還記得這個躲在角落的號碼

10.
保固期限以外的家電不再免費維修
還是扔了吧

那顆日漸磨損的心臟　以及
過期的產品說明保證書
底下的健檢報告

11.

日記一本
直接丟到火盆裡去吧
秘密無論是可告人的
不可告人的，都只適合
冬夜取煖

12.

我還想伸手在底層摸索些什麼
太黑暗了
內心的那只抽屜
壅塞著聲音情緒與意念
那個再也找不到的自己
我想起某年夏天的太平洋
所有日子都遠行後
抽屜無端

空了

等高線上

穿過年輪間的春與秋　穀雨及白露
穿過松鼠啃食的寂靜　鳥聲滴落
你盛滿時間的杯子溢出　陰影盤旋，在你孤獨
寫完例行記錄的橫線簿上是雀鷹狩獵的天空

溪水凜冽著惦念　當你跨過衫松的氣息
新生傷口疼痛在傾倒的樹幹與心中
蝴蝶棲止於斧聲
走過馬醉草的哭泣盜獵者的靴不曾稍停

你徒然於追　索沿著視野的虛線找尋夢的蹤跡
交付山林以青春或是白髮　遙遠教堂的鐘
輕輕敲打整幅綠色悲傷
你只能點燃自己為黑暗點起一盞風燈
照亮滿山焦急的眼睛　世人稀薄的良知
無法驅趕趁夜襲來的鼠群

穿過年輪和年輪　等高線與等高線
山的外衣薄了你愁煩卻厚如雲霾

黑暗覆蓋光明的夢魘裡花仍開落　為了
永恆的生命與美　穿過荒涼與荒涼
走完嘆息　走進
與整座山林等高等重深深的寒意

車站

這是我們相遇的地方　車牌上
密密寫滿天涯或者流浪

這是我們相約的地方　而幸福
哪一班車可以送我們抵達？

這是我們一起走過的地方　人潮聚散
每一次都林立著霜雪般的記憶

這是我們哭泣的地方　揮手
送別青春與愛情的遠行

　　當年華與西風再次相遇，走過
在這裡，是我們成長與不曾遺忘的地方……

憶東海二首

文學院

空林春曉靜，夜雨洗簷端。
木末枝芽綠，無人獨自觀。

尋師不遇

翠竹滴清泉，花開殊有勢
符涵水墨陰，葉落門扉閉

柑

帶葉新收雨半含，蜜黃劇擘憶江南。
四時滋味無窮處，正在輕輕苦與甘。

訪菊

十月花開遍地哀，秋風秋雨又重來。
遊人不似當年好，指點金銀競論財。

贈友人

千里傳詩到酒邊，天涯相憶又經年。
山深莫拾狙公栗，更著新書一萬編。

荷

出水清風入水春，無因無果一忘身。
輕舟短櫂橫秋景，儂是菱歌曲裡人。

其二

滿池枯敗不因風，死水汙泥盡此中。
幸有活泉通暗角，亭亭碧綠禮新紅。

清明

細雨殘風暗曉光，荒煙幾處紙飛揚。
青山綠我先人骨，海角他年亦故鄉。

古意

青青曲陌暗斜暉，燕子亭臺雨點稀。
幾度春芳染苔色，殘紅一路到春幃。

飲酒

葡萄紅酒水精盃，海國風情次第來。
得似飛花春雨裡，伊人清唱夜玫瑰？

其二

幾度梅花應問酒，十年秋水不開門。
詩書一卷斜陽外，醉臥江南黃葉村。

其三

白雲消息總悠悠，萬壑斜陽欲語休。
一笑人間滄海夢，年華陶醉送東流。

其四

新瓶舊盆送深紅，漸與曨曈大道通。
我是匆匆席上客，都無姓字號空空。

九份

遊人尋古意，世事況塵埃。
山自潮邊起，霧從天上來。
人悲新歲月，春綠舊樓臺。
佳色從煩惱，迎風未快哉。

橋上

綠水悠悠往，華年不可尋。
夕陽蟬唱老，階石屐痕深。

猶帶觀魚意，聊無逐鹿心。
閑雲何所適？偶發式微吟。

春

人間忽草綠，節候轉清新。
嬌語傳芳浦，亂紅飛錦茵。
東風明媚處，柳絮自由身。
可惜江南路，沾衣是旅塵。

病中

昨夜西窗冷，猶疑不是春。
愁吟司馬賦，病學賈誼身。
對藥滋方苦，臨花羨葉新。
斜風微雨處，寂寂鏡中人。

遠山

登雲如夢裡，四極雨飄搖。
陵壑變今古，璇璣見晚朝。
聽松吟舊曲，渡水接天橋。
何必學書劍，攀蘿上碧宵。

贈人

又是天陰久病身，林煙野雨夢如茵。
繁花影淡逢新景，碧葉香清憶故人。
百萬塵音非樂土，三千水路是愁春。
遙憐燕子雙飛處，漠漠輕寒小院晨。

寄遠

君在江湖我在池，興來唯有寄新詩。
松華碧露清魂夢，車馬紅塵苦鬢絲。

聽雨翻思寥落日，憑書相憶少年時。
繁華夢裡千秋事，不負當年共勉之。

懷人

仲秋黃菊雨中開，白髮詩人不共來。
書舊靜觀傳雅意，詞清獨覽有餘哀。
此花此日誰相賞，無酒無歡歲暗催。
吟罷傷心何處寄，清風送語到蓬萊。

端午

黍角清芬里巷傳，辛盤鬥了繡囊纏。
黃梅雨熱江南地，畫鼓船喧五月天。
合是隨俗行酒令，豈能憂國乏詩篇。
離騷讀罷千秋淚，碧水當時更枉然。

晚歸

暮辭古鎮與江天，迢遞斜暉送我還。
客路不禁隨日月，春愁何況與雲煙。
早知書劍身多誤，應信功名德未全。
獨立人間風滿袖，邑塵何處問瓜田？

如夢令

寂寞黃花寒鏡，空向梧桐疏影
籤舊冷丁香，卻問風何定？
休聽，修聽，莫教魂夢添病。

醜奴兒

生平早負蘭臺志，暗雨黃昏，縱老青春。不過庸庸碌
碌人。
千金誰買長門賦，肯愛江村，潦倒詩文？沽取閒愁向

匏樽。

憶江南

糊塗事，記取就文章。昨日封侯千萬策，瓜棚今夜說
荒唐。斜月人影長。

桃源憶故人

消條事裡新愁賦，正是晚春細雨。心事都隨風絮，且
向金波語。
十年冷落輕約素，萬里月明歸路。嘆息等閒辜負，花
夢虛窗度。

鷓鴣天·讀史

殘夢醒來黍未成，荒唐事業亦關情。

春雲聚散誰相憶，秋水功名亦可輕。
紅葉晚，綠煙晴，人間難得物華清。
如何無限傷心事，都做笙歌醉裡聲？

掃花遊

酒闌夢澀，病細雨天陰，淡茵濃柳。亂花倦帚。任東
風吹散，歸殘牖。不識流年，里巷還應記否？怕巢
覆。況家業瘥煙，桃花消瘦。　　春去吟僝僽。倦客
旅塵埃，馬前人後。暗燈煮酒。唱新詞一闋、幾番回
首？惜別春江，自古多情不負。淚依舊。倩佳人、翠
巾紅袖。

國家圖書館出版品預行編目資料

並蒂詩花／徐世澤等著. -- 初版. -- 臺北市：萬
卷樓, 2010.10
面； 公分
ISBN 978－957－739－694－5 (平裝)

831.86   99019735

並蒂詩花

合　　　著：徐世澤 邱燮友 顏崑陽 徐國能
發　行　人：陳滿銘
出　版　者：萬卷樓圖書股份有限公司
　　　　　　臺北市羅斯福路二段 41 號 6 樓之 3
　　　　　　電話(02)23216565 · 23952992
　　　　　　傳真(02)23944113
　　　　　　劃撥帳號 15624015
出版登記證：新聞局局版臺業字第 5655 號
網　　　址：http://www.wanjuan.com.tw
E－mail ：wanjuan@seed.net.tw
承印廠商：中茂分色製版印刷事業股份有限公司
定　　　價：300 元
出版日期：2010 年 12 月初版